消失的地平线
Lost Horizon

[英] 詹姆斯·希尔顿 著
James Hilton

杨千紫 译

北京理工大学出版社
BEIJING INSTITUTE OF TECHNOLOGY PRESS

版权专有 侵权必究

图书在版编目（CIP）数据

消失的地平线 /(英)詹姆斯·希尔顿著 ; 杨千紫译. -- 北京 : 北京理工大学出版社, 2022.5
ISBN 978-7-5763-1095-5

Ⅰ.①消… Ⅱ.①詹… ②杨… Ⅲ.①长篇小说—英国—现代 Ⅳ.①I561.45

中国版本图书馆CIP数据核字（2022）第036594号

出版发行 /	北京理工大学出版社有限责任公司	
社　　址 /	北京市海淀区中关村南大街5号	
邮　　编 /	100081	
电　　话 /	（010）68914775（总编室）	
	（010）82562903（教材售后服务热线）	
	（010）68944723（其他图书服务热线）	
网　　址 /	http://www.bitpress.com.cn	
经　　销 /	全国各地新华书店	
印　　刷 /	三河市金元印装有限公司	
开　　本 /	880毫米×1230毫米　1/32	
印　　张 /	7	责任编辑 / 时京京
字　　数 /	161千字	文案编辑 / 时京京
版　　次 /	2022年5月第1版　2022年5月第1次印刷	责任校对 / 周瑞红
定　　价 /	36.00元	责任印制 / 施胜娟

图书出现印装质量问题，请拨打售后服务热线，本社负责调换

序

每个人的心中都有一个神往的乌托邦——香格里拉。

第一次听到香格里拉这个名词是在读初中的时候,给我的感觉浪漫、安静又有着醇厚的历史感。又过了一些年,才知道原来那是詹姆斯·希尔顿在小说《消失的地平线》中创造的精神家园的代名词。

詹姆斯·希尔顿,1900年生于英国兰开夏郡,青年时代就读于剑桥大学。第一次世界大战后,他遍游欧洲,在十八岁时出版了第一部长篇小说《凯瑟琳自己》。1933年出版了这本《消失的地平线》,同时他还出版了另一部长篇小说《没有甲胄的武士》。1934年,希尔顿花四天时间创作出了其代表作《再见,奇普斯先生》。

《消失的地平线》的创作灵感来自探险家约瑟夫·洛克1924年到1935年在云南省西北部探险期间在《国家地理杂志》发表的系列文章和照片,而作者本人并未亲临其地。故事讲述了20世纪30年代,四位西方人机缘巧合(实则是被有意安排)之下闯入了神秘的中国藏区某地,遇到了跌落红尘的乌托邦。那里有美丽的山川、金碧辉煌的庙宇、融合东西方的文化、让人心动的姑娘、长寿的秘诀、对文明传承的愿望和无尽的金矿,经历了一系列不可思议的事件,四个背景不同、身份不同、个性不同的人从一开始的共同目标——回家,到各自找到了独属于自己的目标。曾经才华横溢,富有抱负的康威在经历战乱后,不可避免地产生了战争后遗症,香格里拉这块净土让他感受到了内心的宁静,以至于不想离开,这也代表了当时战乱后人们的一种美好寄托。而布林克洛小姐作为一个传教士坚持要在这个不同信仰的土地上开出同样的花,因为要传教给当地群众而选择留下。热血青年马林森心志坚定执着,对罗岑的爱真挚而热切,他义无反顾地要带着罗岑离开。而巴纳德这个美国经济罪犯听闻这附近有个金矿就毫不犹豫地决定留下,想要发一笔横财。他们不同的动因反映了战争后期不同阶级、不同性格的人,选择也截然不同。

当然,《消失的地平线》中的配角也充满着血肉。满族姑娘罗岑明知道自己一出香格里拉就会极速衰老,但仍挡不住对自由的渴望,最终以生命为代价得到了向往的自由。在文中担当解谜角色的活佛充满了智慧和使命感,他向康威娓娓道出了香格里拉的秘密,勾画了一个理想之地,满足了当时西方社会在战争动荡下民众的需求,促使香格里拉成为当时千千万万人的向往。

本书在当时英国的时代背景下,创造了那个时代西方视角下的"世外桃源"。一经出版,立即席卷了整个西方,使得香格里拉成为当时很多读者心中的心灵花园、理想国度。很多人为了追寻心中的"香格里拉",纷纷踏足尼泊尔、印度、喀喇昆仑及中国的东部藏区,掀起了长达半个多世纪的寻找香格里拉热。香格里拉这一文化现象得到了普遍的认同。

对经典,我们一定要把它放在当时的时代背景里去阅读,才能感受到作品的魅力。让我们把眼光转到詹姆斯·希尔顿创作《消失的地平线》的1933年的英国,看看当时的时代背景以及作者面临的问题与探索。

由于抓住了第一次工业革命的机遇,英国国力及国际地位在19世纪下半叶和20世纪初达到顶峰，成为日不落帝国和世界秩序的话事人。同时德、法、俄、美等国也逐渐崛起，各国在争夺势力范围的冲突中发生了第一次世界大战。英国虽然是"一战"的战胜国，但是由于背负了巨额的战争债务，所以在战后全球经济高速发展的黄金十年中，国际竞争力却逐渐衰微，面对欧洲诸强以及美国的迅速崛起，其控制力逐渐力不从心。雪上加霜的是，1929年至1933年经济大萧条席卷全球，英国也深受其害，失业率超过了百分之三十。

在作者十八岁前的青少年时代，英国经历了帝国巅峰的荣光以及荡气回肠的"一战"的胜利，作为大英帝国的子民是意气风发的。而作者成年后，其国家面临的是沉重的债务和被其他强国赶超的无奈，加之经济危机带给民众的困苦，战争的风云再次蠢蠢欲动。作为在剑桥大学受过高等教育的知识分子，作者曾经游历欧洲，面对上述复杂的局势，他不可能不去思考个人以及国家未来的命运，而现实是除了国内外矛盾继续积累并走向战争之路似乎没有更好的解决办法。在这种情况下，逃避便成了一个可能的选项，像作者一样思考未来的人们希望能有一个理想之国，供其居住并保留其熟悉的文明。探险家约瑟夫·洛克关于中国藏区的探索为作者提供了绝佳的素材，关于乌托邦香格里拉的想法由此应运而生。作者的这种探索，在某种意义上创造了一个抚慰人心的寄托，给迷茫中的人们以熬过寒冬的温暖和力量。

在《消失的地平线》创作的时代背景下，心怀迷茫的不仅仅是作者以及英国的民众，欧美世界中大部分思考未来的知识民众都或多或少地有相似的迷茫，而同时代优秀的现实作品多以讽喻为主，并不能给予人们解决问题的现实指引，《消失的地平线》的设想至少提供了一种解决问题的思路。作品中塑造的香格里拉具有强烈的宗教式的拯救意味,这自然会引起以基督教为主流宗教的欧美民众的共鸣。

《消失的地平线》一经出版,立刻在西方引起了轰动,随即风靡世界,很长时间都排在口袋图书畅销榜的前列,并获得了英国著名的霍桑登文学奖。1937年,好莱坞投资二百五十万美元将其拍成了电影,公映后轰动全球,连续三年打破票房纪录,使得香格里拉这个词更加深入人心。

《不列颠文学家辞典》收录了香格里拉这个词,它称《消失的地平线》功绩之一是为英语词汇创造了"世外桃源"一词,使得香格里拉成为理想国度的代表地,人们心中的心灵净化之地,影响非常之广泛。例如,美国总统罗斯福将设在弗吉尼亚州的一个山间别墅命名为香格里拉;1944年,"香格里拉"号航空母舰开始服役;土星的卫星土卫六有一大片黑暗地区,也被命名为香格里拉。

从香格里拉这个词对社会的影响力来看,本书无疑是成功的。这种在困境中创造一种美好意象或者提供一种解决思路的行为,在文学史上并不少见。

1348年,欧洲瘟疫肆虐,意大利文学巨匠薄伽丘创作了《十日谈》,十名男女在乡村一所别墅里避难,他们终日游玩欢宴,每人每天讲一个故事,十天讲了一百个故事,批判黑暗和罪恶,赞美爱情和高尚的情操。

1927年,芥川龙之介发表了《河童》,他生活的年代与詹姆斯·希尔顿相仿,他们面临的问题也类似:国际上,第一次世界大战后资本主义危机以及社会主义思潮冲击着日本;日本国内,1923年关东大地震后,当局镇压人民及革命组织,1927年发生的昭和金融危机使人民的生活更加困苦。迷茫中的芥川用河童国光怪陆离的生活来折射现实社会存在的问题。不同之处在于,芥川没有找他的理想国,绝望而去。

我们耳熟能详的《桃花源记》也是同样的情况。东晋末年，朝廷偏安一隅内忧外患，个人报国无门，陶渊明只能采菊南山，寄情桃花源。

跳出时代和地域的限制，困境与迷茫是每个人成长过程中都会面临的问题，而优秀的作品会给人以温暖的力量，从这个角度来说，本书又具有更加普世的价值。

当然，詹姆斯·希尔顿在完成本作品时，难免无法完全摆脱其西方视角的局限，比如香格里拉主要的僧侣都是西方人，比如对中庸之道的理解等，但无论如何这都是一部优秀的作品。

有一百个读者就有一百个哈姆雷特，如果你想神游"香格里拉"，感受那里散发出来的魅力，阐释自己内心的乌托邦，那唯一的途径就是：读她。

译者杨千紫，"90后"旅美女作家，编剧，白羊座，爱猫人士。

2020年注定是难忘的一年，那时我也面临一个困境：是跟家人继续留在美国躲避疫情（当时美国疫情看起来状况更好一些），还是回国开启新的事业。最终，很多朋友都在往国外走，只有我，因为种种原因逆风归来，再回头看却成了一种侥幸。

翻译的过程也是自我整理思路的过程，万般感慨。最后，用丰子恺先生在其诗作《不宠无惊过一生》中的一句话来总结：不乱于心，不困于情；不畏将来，不念过往；如此，安好！

希望在忙碌的一天后，你有时间静下心来阅读这本书，寻得内心的安宁，给自己找到希望与力量。

杨千紫

目录

引　子 / 001

第一章 / 021

第二章 / 038

第三章 / 055

第四章 / 068

第五章 / 085

第六章 / 100

第七章 / 122

第八章 / 139

第九章 / 150

第十章 / 164

第十一章 / 186

尾　声 / 203

引　子

很多时候，老朋友再相聚时，内心会有一种尴尬的情绪，就像烟头的火光渐渐熄灭……那是一种无声的幻灭。曾经期盼着与昔日好友叙旧重逢，可是当大家重新坐在一起的时候才发现，彼此之间其实已经无话可说。

当然，大家还是交流了近况。卢瑟福现在已经是个小说家了；维兰德是使馆秘书，他请我们在一个体面的酒店吃饭，但是气氛有些冷清。也许，这是因为他是一个外交官吧，在各种场合保持镇定是他的职业习惯；也许，这并不像是一场老朋友的聚会，而只是三个英国男人在异国他乡的首都重逢，例行公事般地吃顿饭而已。

维兰德还是跟小时候一样，身上有种自命不凡的劲儿，我不太喜欢。江山易改本性难移，有些事并不能被时间改变。我更喜欢卢瑟福，他现在已经成熟了很多，不再是小时候那个长相老成，却瘦成皮包骨的小男孩了。当年他太瘦了，总是被人欺负，我欺负过他，也保护过他，转眼间就这么多年了。谁能想到呢，现在他算是逆袭了——他成了一个作家，工作惬意，赚得多，时间又自由，过上了理想中的生活，这让我和维兰德有些一言难尽，内心多少有点儿嫉妒。

还好酒店就在机场旁边，我们看到一架架飞机起落，也算是给这顿尴尬的晚餐增添了一些乐趣。眺望飞机使得这个晚上不那么枯燥。傍晚时分，机场华灯初上，弧光照明灯如星光一般，把机场照得灯火通明，让我们仿佛置身于一座华丽而辉煌的剧院。

这时，一架从英国飞来的飞机载来了一个熟人。他穿着航空服，是个飞行员，路过我们桌旁的时候，认出了维兰德。

但是有些尴尬的是，开始维兰德并没有认出这个飞行员是自己认识的人。当维兰德想起来他是谁的时候，急忙向我们介绍，这个年轻人叫桑德斯，看起来活泼又风趣，他邀请桑德斯加入我们的聚会。

维兰德给自己找台阶下，说穿着航空服并戴着头盔的人很难辨认，否则自己一定能认出他来。桑德斯听后一笑，说："是啊，别忘了我在巴斯库尔①待过。"

桑德斯似乎是在开玩笑，可是维兰德听了却有些尴尬，不太自然地笑了笑。我们见状，都很默契地迅速改变了话题。

桑德斯年轻、活泼，他的到来使我们的气氛活跃起来，我们一起喝了很多啤酒。那时候已经十点钟了，维兰德起身离席，到邻桌去跟认识的人打招呼。

这时，卢瑟福跟桑德斯说："哥们儿，你刚才提到了巴斯库尔，那个地方我也略知一二，你刚才为什么提到那里？是有什么故事吗？"桑德斯的笑容有些腼腆："噢，我在巴斯库尔服过役，经历过一些难忘

---

① 巴斯库尔：大约20世纪30年代中期的某年，靠近英属印度的某国一个重要城市巴斯库尔（Baskul）发生暴乱。英国领事馆领事康威、副领事马林森、美国人巴纳德和传教士布林克洛小姐乘坐一架小型飞机撤离该地。

的事情。"

那些过去似乎十分令人激动,他毕竟是太年轻了,什么事都藏不住,忍不住又说:"是这样的,当时在巴斯库尔有人劫持了我们的一架客机,劫匪似乎是个阿富汗人,不过我并不确定。那个劫匪可真是无耻!他把飞行员一拳打倒在地,然后脱下人家的航空服穿在自己身上,神不知鬼不觉地爬进了驾驶舱。但是他也是个人才,竟然会给地面导航塔发信号。结果就是那架飞机平稳如常地起飞了,但是再也没有飞回来。"

卢瑟福对这个话题十分感兴趣:"这是什么时候的事呢?"

"大概一年之前吧,1931年5月,当地爆发了革命,我们将美国平民送离那个地方,送到白沙瓦①。当时局势很乱,但我也没想到会出这种事,也太奇葩了。不过也是衣服的伪装让那个劫匪得逞的,你说是吗?"

卢瑟福双眼放光,听得十分入神,毕竟他是个作家:"我以为在那种情况下,怎么也得两个人负责一架飞机呢。"

"你说得没错,所有普通的军用运输机都是两个人负责,可是那架飞机不一样,它是一种小型飞机,印度勘探部门一直用它在克什米尔高原上空作勘探。"

"你是说,这架飞机没有飞去白沙瓦?"

"据我所知是没有,根据塔台的监控,它也没有在其他地方降落,确实很蹊跷。如果劫匪是当地的土著人,我想他有可能是将飞机开进山里了,想把飞机上的乘客当成人质去勒索赎金,他们应该已经凶多

---

① 白沙瓦:巴基斯坦北部城市。

吉少。毕竟飞机坠毁以后，就会像消失了一样再也追踪不到了。"

"嗯，我也是这样猜想的。飞机上有几名乘客呢？"

"我记得有四个，三个男人和一个修女。"

"其中一个男人是不是名叫康威？"

桑德斯一愣，似乎大吃一惊，问道："你怎么知道？康威是个很棒的人，你认识他？"

"我和他曾在同一所学校读过书，算是校友吧。"卢瑟福有些不自然，他好像觉得这么说并不恰当。

"从康威在巴斯库尔所做的一切行为中可以看出，他是个风趣正直的小伙子。"桑德斯接着卢瑟福的话题说。

卢瑟福点了点头："是的，康威是个很好的人，可是那件事可真是离奇……"

卢瑟福似乎有些恍惚，顿了一会儿，又说："这件事为什么没有在报纸上公开报道过呢？我经常看报纸，按理说我不应该不知道。"桑德斯忽然间显得有些不安，甚至像是有些愧疚："这件事我不该说的，是保密的。哎，不过应该也没什么吧，都过去那么久了，已经是陈年旧事了。至于当时为什么没有大肆报道，是因为那不是什么光彩的事情，所以媒体只是轻描淡写地说有一架飞机失踪了，并没有透露更多细节。"

这时，维兰德回来了，桑德斯有些抱歉地看着他："不好意思，维兰德，我们几个刚才聊到了康威……我不小心把巴斯库尔的事情说出去了，希望你不要怪我。"

维兰德脸色一变，沉默了片刻，他似乎是在克制自己，不想在我们面前失礼，并且要保持外交官喜怒不形于色的形象。

"这件事并不适合当作茶余饭后的谈资。"他沉着脸缓慢地说道,"我原以为你们这些空军是很守信用的呢。可你还是把这件事说了出去。"

维兰德斥责了桑德斯之后,又态度谦和地转头看向卢瑟福:"我能理解你打探这件事情的心情。但也希望你明白,有些前线发生的事情是需要保密的。"

"可是,每个人都想知道真相。"卢瑟福马上接口道。

"对牵涉其中有资格了解事情真相的人,我们并没有隐瞒。当时我就在白沙瓦。你和康威很熟吗?你们是同学?"

"在牛津时,我们曾有过几面之缘。你们呢?"

"在安哥拉驻扎的时候,我见过他一两次。"

"你觉得他怎么样?"

"他相当聪明,但有一些懒散。"

卢瑟福一笑:"他当然很聪明,他在大学里的表现出类拔萃,可惜后来战争爆发了。他既是学生会里的中坚力量,又是获过奖的划船队员,总之经常获得各种荣誉。同时,他也是我遇到过的最棒的业余钢琴家,简直是个全才。他是那种顶尖人物,甚至如果他以后当了首相我都会觉得理所当然。不过,从牛津大学毕业之后,我就再也没听过他的消息了。战争破坏了他本应该闪闪发光的人生。那时他还很年轻,是个热血青年,我以为他当兵上战场去了。"

"我听说他好像在战场上被炸伤了。"维兰德回答道,"但没什么大碍,他事业发展得很好,还获得了法国的D.S.O勋章,后来,他好像回牛津大学工作了一段时间,再然后在1921年去了东方。他会说好几种东方语言,所以很容易就找到了工作。"

卢瑟福笑得爽朗了一些:"嗯,他很了不起。历史有时候会遗忘一些才华闪耀的人，也忽略他们所做的贡献。比如在荒野破译野战情报，又比如在公使馆的茶桌上唇枪舌剑。"

"他只是在领事馆工作，又不是在外交部。"维兰德的脸又冷下来，明显是不太高兴。这两个人明显话不投机，卢瑟福便收敛了笑容，起身要走。

时候不早了，我就说我也得走了。维兰德带着官员特有的礼貌和疏离，不冷不热地跟我们告别。桑德斯看起来就热情多了，他说他希望再见到我们。

黎明时分，我打算去火车站了，等出租车的时候，卢瑟福问我，是否愿意到他的酒店聊一会儿。他说他有间起居室，很适合聊天。我当然答应了。

他好像对方才的话题意犹未尽："你愿意再聊聊康威吗？还是你已经厌烦了我们不停提起他？"

我老实回答，尽管我不认识康威，也不了解他，但是对关于他的话题也并不厌倦。于是卢瑟福继续跟我聊起他。

"康威是我的学长。我读完大一的时候他就离开了学校。离开学校之前他很关心我。当时我只是个新生，我不明白他为什么对我那么好。虽然他帮我的都是些小事，但我还是非常感激，难以忘怀。"

卢瑟福深以为然："是的，我承认对他非常有好感，如果连你都很少见到他，这样看来我见不到他就不足为奇了。"

接着，我们陷入了诡异的沉默中，各自沉浸在自己的遐思里去追忆往昔。从泛泛之交的朋友划分标准来看，对我们而言，没有人比这个人的影响更加深远。自打那以后，我也曾跟别人聊过这个话题，结果发现其他人也有同感，即使是在正式的场合，只要接触过康威片刻，之后再提起这个人的时候，一切都清晰得仿佛就在昨日。他在年轻一辈中无疑是出类拔萃的，在崇拜英雄主义的热血年纪里，我是一路追逐着他的传说长大的，他那极富浪漫主义色彩的形象印刻在我的灵魂深处，亘久绵延，永不褪色。他的身姿高大挺拔，一张明星脸帅得一塌糊涂，不仅擅长竞技类的项目，但凡学校里排得上数的奖项，都被他摘得了桂冠。有一位感性型人格的校长一度提及他的英勇事迹，用了"大满贯"这个词语来评价他，康威的雅号便由此诞生了。也许只有他才当得起这个称号。他在学校一年一度的授奖演讲日用希腊语致辞，让我豁然想起，他还是学校戏剧社里一流的演员。他简直可以跟伊丽莎白女王一世时代的人物相媲美了，甚至有点儿像菲利普·西德尼爵士①，绝对都是百年不遇的人才。康威长相出众，才艺繁多，集智慧与力量于一身，整个人就跟光源体一样散发着热情洋溢的气息。我们当今的社会文明很难培育出这样令人敬重的英杰来。我把心里的这些想法跟卢瑟福分享了一下，他深表赞同："是的，你所言非虚，一点儿都不夸张，我还听说过存在另外一种负面的评论，还专门有一个词汇，叫作半吊子，俗话说得好，一瓶子不满半瓶子晃，门门会必定样样松。我猜像维兰德这类吃不着葡萄说葡萄是酸的人，背后肯定是咬着后槽牙嫉妒得发狂。我对维兰德一点儿都不感冒，我实在是受不了他那种调调——装腔作势假正经，还极端自负以自我为中心，活脱脱一个功利主义的官僚败类，不知你注意到没有？从他的一些细微的惯用语中就能窥见些许端倪，比如之前他教训人的时候说过的什么'以人格名誉担保''不要散布谣言，人云亦云'——那扭捏作态的样子，好像帝

---

① 菲利普·西德尼：伊丽莎白一世时期的廷臣、政治家、诗人、学者、模范绅士。

王屈尊驾临圣美多尼克教堂,真以为自己是天帝之子,能够施舍众生了。平心而论,我真心看不上他们这些粗鄙的外交官员。"

交流了彼此的共鸣心声,仿佛又拉近了些许心的距离,我们就这样安静了半晌,车子开过了几个街区,他继续道:"不管怎样,我今晚真是不虚此行。对我来说,从桑德斯那里听到巴斯库尔那件不为人知的绑架事件,真是一件令人难忘的经历。你可能不知道,我之前听说过这件事,但实际上我并没有当真。它的大部分情节听起来就像一个荒诞离奇的小说,我没有任何理由说服我自己相信那是真的,或者说,只有一个微不足道的理由,无论如何,现在起码多了一条,可以找到两个相对牵强的理由了。我敢打赌,你应该能猜到我不是个轻易能相信别人的人。我人生的大部分时间都用来在世界各地游历,我知道世界上有很多违反自然科学规律的离奇存在。如果你亲眼看到了或者亲身经历了,就不得不信,但如果只是道听途说,还是很难令人相信的。然而……"

他的话戛然而止,取而代之的是一阵缓解尴尬的笑声,因为他突然意识到我对他所讲述的东西不见得感兴趣。"但有一点是确信无疑的,我绝对不会跟维兰德掏心掏肺地说这么多心里话。那就好比尝试给《花边新闻》报刊兜售史诗般的诗歌一样。但你不一样,我宁愿碰碰运气,把你引为知己,吐露一下我内心深处的真实想法。"

"也许你高看我了,万一你看走眼了呢。"我谦逊地回应道。

"你的书告诉我,我一点儿都没看错。"他突然甩了一个手雷过来,把我定住了。

我从来没有提过我那本专业性极强的著作,毕竟一个神经病学家的研究范畴并不是大众普遍喜欢的东西,我听闻后惊喜交加,卢瑟福居然听说过它。于是我说了很多有关于我的作品背后的故事,他也跟我分享了他之所以对这本书感兴趣的原因:"是这样的,因为你的著作里提及了失忆症,这正是康威一度患过的病症,所以我格外地关注。"

我们抵达了宾馆,他从前台拿到了房间的钥匙,他的房间在五楼,上楼的时候他说:"之前说的这些都是预热,我们不绕圈子了,直奔主题吧。我想要告诉你的重磅消息是康威根本就没有死。至少几个月之前他还没有死。"

这种有冲击力且沉重的话题,似乎不太适合于电梯上升之时,在逼仄狭窄的空间里来进行探讨。下了电梯,刚刚步入走廊通道,我就忍不住追问道:"你确定那是真的吗?你是怎么知道的?"他一边用钥匙打开房间的门锁,一边回答道:"因为去年11月的时候,我就跟他在一起。我们从上海坐上了去往火奴鲁鲁①的日本轮渡。"他说完这句话后就没再多说,我们俩都需要一些时间去平复心中的激荡,我震惊于这个爆炸性的消息来源,而卢瑟福则消化着今晚从桑德斯处所得到的新线索。直到我们坐在扶手椅里找到了一个舒适的状态,手边放着备好的冷饮和雪茄,卢瑟福才娓娓道来:"你知道,我在秋天的时候去中国度了一个假,我总是喜欢四处游历增长见闻。我已经很多年没有见到康威了,我们之间也从未通过信,我不能说他经常浮现在我的脑海里,但他是为数不多的常常让我想起的几个人之一。当我尝试去勾勒他的形象时,他的样子不费吹灰之力便能跃然纸上。当时,我在中国汉口刚拜访完一个老朋友,准备乘坐开往北京的特快专列回程北上。在这段旅途中,我恰巧偶遇了一个十分迷人的女修道院院长,她所在

---

① 火奴鲁鲁:檀香山,美国夏威夷州的首府和港市。

的修道院应该是法国慈善机构在中国城市的姊妹分院,我们很愉快地攀谈了起来。她准备去重庆,因为她们修道院的所在地就在那里,因为我会说一点儿法语,她就自来熟地开始跟我喋喋不休地聊起她工作以及生活中的各种琐事。事实上,我跟她们所信奉、传教的那种枯燥乏味的精神理念无法产生共鸣。但不可否认的是,《圣经·新约》中对教义坚守的罗马人就是他们这一类人的代表,至少他们努力工作做实事,而不是像政府任命的官员们那样,浑身挂满了头衔、勋章却只会招摇炫耀、拿姿作态,相比而言,传教士们要强得多。当然,这些也只是顺便这么一提。重点是那位女士,跟我介绍起了他们在重庆建立的隶属于修道院的医院,尤其提到了几周前收治的一位高烧的病人。他们认为这个男人应该是个欧洲人,即使他后来从昏迷中清醒过来,也无法表述清楚自己来自哪里,身上也没有任何证件能够证明他的身份。看他的着装是当地人的服饰,而且是最穷的那种人穿的。当他被修女送进医院的时候,实际上他已经病得很厉害了。他能说一口流利的汉语,不亚于他的法语水平,我在火车上遇到的这位修女旅伴还信誓旦旦地跟我保证,说这个病人在不知道修女的国籍前,他一直是用一口精练纯正的英语来跟人交谈的。我听了她的描述,禁不住打趣道,我很难想象那样一种情境,如果说那位修女压根儿就不懂这门语言,那么她是如何判断其发音是否字正腔圆呢?我们谈笑风生,聊了很多天南海北的话题,最后,以她热情的邀约而终结,如果我恰巧游历至修道院附近,一定要顺道去拜访一下。我虽然客套地应承了,但是心里知晓,这件事情发生的概率就跟我去攀登珠穆朗玛峰一样低,因此当火车抵达重庆,我们握手告别时,内心都有一丝真诚的惋惜,彼此都知道可能我们的缘分就止步于此了。

"可无巧不成书的是,万万没想到几个小时后,我居然再次返回了重庆。我乘坐的特快专列还没走出几英里①远,就在半路遭遇了种种故障抛锚了,迫使我们不得不返回重庆火车站,而且我们被告知备用的车头至少要在十二个小时以后才能准备妥当,再次启程。这类的故障事件在中国的铁路沿线上经常发生,一点儿都不奇怪。所以我有大半天滞留在重庆,为了消磨时光,我决定听从那个热情的修女的建议去参观一下她口中引以为傲的修道院。一兴起这个念头,我便开始行动了。

"她们见到我的时候,也都大吃了一惊,但很快便热情地招待了我。我觉得作为一个非天主教徒,很难理解他们天主教徒是如何做到将官员身上的严肃刻板和闲散人员的宇量襟怀这两种截然相反的气质兼容在一起的。这难道不矛盾吗?不过没关系,不管怎么说,那些传教士招待得很周全,令我感到身心愉悦。我们刚聊了不到一个小时,他们便备好了一顿丰盛的便饭,一个年纪轻轻的信奉基督教的中国医生挨着我就坐,席间他一直用法语夹杂着英语跟我愉快地交流着。饭后,这位医生和女修道院院长带我去参观他们引以为傲的医院。我告诉他们,我是一个作家,他们听后莫名地兴奋起来,觉得我会把他们都写进我的故事里。我们一一走过那些病床,那位医生同时给我介绍每一位患者的大概情况。医院的环境表面上看起来一尘不染,管理得井井有条。要不是女院长提醒我,我们接下来要去看那个之前提到的有着纯正英语口音的神秘患者,我几乎已经忘记了他的存在。

"走到他的病床前,我只能看到他的后脑勺,他显然还在睡着。他

---

① 1英里=1.609 344千米。

们建议我用英语跟他交流,所以我就条件反射地说了一句'下午好',这是我脱口而出,没经过大脑,凭着本能说出的话。那个男人突然转过头,礼貌地回复了一声'下午好'。院长说的居然是真的,他的发音绝对是经过系统教育训练的。但是我根本没有时间去惊讶这种小事儿,因为我已经认出了他是谁,尽管他的胡须甚至将整张脸都变得面目全非,可以说改头换面都不为过,而实际上我们已经好久好久没有见过面了。

"他是康威,我十分确信他就是康威本人。不过,要是我稍稍犹豫,用大脑去分析思考一下,我很有可能会得出他肯定不是康威的结论来。幸运的是,在那一刻,我心潮澎湃没能压住一时的冲动,直接喊出了他的名字,连同我自己的名字,可是对方看着我却没有产生任何情绪波动,好像我们之间只是萍水相逢的陌生人,此时我已经确信我没弄错。我清楚地看见他的脸部肌肉诡异地抽动了两下,跟我从前见到他时观察到的微表情一模一样,而且眼睛的颜色也一如往昔,以前我们总是戏称为剑桥蓝多于牛津蓝。除此之外,他就是那种独一无二的人,谁都不会认错,只要见过一次就能留下刻骨铭心的印记。不出意料,那位医生和院长看到如此情景都非常惊奇。我告诉他们我认识这个男人,他是一个英国人,也是我的朋友,可是现在他并不认识我,可能因为他彻底丧失了从前的记忆。他们完全赞同,虽然一时难以消化这个突如其来的惊喜,我们还是对他的病情进行了一次冗长的磋商会议。最终也没能探讨出来个究竟,康威是怎么做到的,他到底经历了什么,居然能拖着如此病重的躯体来到重庆。

"长话短说吧,我在那儿待了两个星期,希望出现奇迹,欲图通过我的种种努力和尝试能够刺激他恢复记忆。可惜我失败了,但他的身体状况恢复得很好,在这期间,我们聊了很多很多。

"当我毫不保留地坦言相告,他是谁,我是谁,他并没有太大的情绪波动,只是淡定地接受了这个事实。他还感到有一种隐秘的快乐,虽然难以言表,但有我的陪伴,他似乎很高兴。对我提出要带他回家的建议,他无所谓地说都可以,意愿并不那么强烈,他这种个性的缺失、英雄主义色彩的褪色略微让我感到失望。我动用了人脉关系,尽可能快地安排启程的相关事宜,我拜托一位关系很好的密友,他就在驻汉口的领事馆工作,这样一来,康威的护照等身份证明轻而易举地就准备好了,否则还真是不好办。为了让康威不受外事所扰能够过得身心舒适,我甚至将整个旅程的路线安排得十分严密,防止引起任何媒体的关注,成为报刊的头版头条。事后,我有很大的成就感,没有在舆论界引起任何波澜,这一点我居然真的做到了。

"我们选取了一种最常规的路线从中国离境,沿着长江顺流而下至南京,从南京乘坐火车到上海,然后在当晚搭载日本的邮轮奔赴弗里斯克(旧金山),我们一路几乎都在马不停蹄地辗转奔波,终于到了船上,方才松了一口气。"

"你对他真是煞费苦心,付出良多。"我感慨道。

卢瑟福没有否认:"我想我不会心甘情愿地为其他任何人如此付出的。"他回答道,"这个小伙子身上有一种玄妙的气场,只可意会不可言传,能够令人不自觉地乐于为他付出。"

"是的,"我也有这感觉,"他就是有一种特殊的魅力,那种时至今日回忆往昔也清晰如昨的魔力,脑海里留下的不可磨灭的印记仍旧是他身着法兰绒板球运动衫的形象。"

"很遗憾的是你没见过他在牛津时的样子。他就是个天才——找不到别的词来形容他所绽放的光彩。可自打发生战争以后,人们都说他变了。就连我都觉得他确实像变了个人似的。我不禁为他的天赋异禀而感到惋惜,按照他的才能必将驾驭得了一个更大的舞台,能够大展拳脚。就算到英国女王陛下的身边做一个包揽大小事务于一身的总管,在我看来都不是他职业生涯的巅峰。康威他是,或者说他本就应该生而不凡。你和我都认识他,对他也都有所了解,我刚才所描述的那种对他历久弥新的感受,一点儿都没有虚夸的成分。即便是我再次跟他在中国的中部偶然重逢,哪怕他对从前的记忆一片空白,且中间一度行踪成谜,可他身上那种致命的吸引力依旧不减当年。"

卢瑟福缅怀了一下往事,唏嘘万千,稍事停顿又继续道:"你一定猜得到,我们在轮船上再续前缘,比从前更加亲近。我给他讲述了我所了解的他的全部,无论是我眼里的他抑或是别人口中的传闻,看着他专注聆听的神情,这感觉实在是有点儿瘆得慌。他清楚地记得他到达重庆后的每一件事,另外一个你可能会感兴趣的点是他忘了从前的所有,却唯独没有忘记那几门外语。比如,他跟我说他跟印度一定有不解之缘,因为他会说印度斯坦语。在横滨的时候,轮船靠岸填补供给,又迎来了一些新的乘客,其中有一个叫西夫金的钢琴家,中途去往美国举办一个音乐演奏会。就餐的时候,我们恰巧坐在一个餐桌上,偶尔他用德语跟康威交谈。这时候,从表面看起来,康威的意识健全得再正常不过了。除了丢失了一段记忆,平常的交际往来完全看不出任何端倪,也挑不出任何错处来。

"离开日本后的某一天晚上,实在是抵挡不住大家的热情邀约,西夫金在船上举办了小型的钢琴独奏会,我和康威都去捧了场。他弹得好极了,演奏了一些勃拉姆斯和斯卡拉蒂的作品,更多的则是肖邦的。

其间，我瞄了康威几次，发现他十分享受，沉浸在艺术的海洋里怡然自得，这也很正常，这得归功于他过去陶冶的高尚的艺术情操。在演奏会的尾声，热情围观的群众掌声不止，一遍遍喊'再来一首'，盛情难却之下，西夫金也表现得十分乐意之至，一次又一次地返场为大家献上他的经典保留曲目。这回他弹的作品几乎清一色都是肖邦的，很显然他专攻过这一脉，很是擅长。最后，他起身离开了钢琴，向门口走去，那些崇拜者仍旧恋恋不舍、紧紧追随，可西夫金觉得自己弹得够多了，足以回应他们的盛情。就在这时，一件相当诡异的事情发生了。康威兀自坐在了钢琴面前，指尖本能地在琴键上快速地飞舞，流泻而出的是一些轻快的旋律，那些异彩华章的段落我居然分辨不出究竟出自哪位大家之手，就连原本要离开的西夫金也被再次吸引过来，甚是兴奋地追问这到底是什么曲子。康威被问得呆愣了半晌，过了好久才从茫然中缓过点儿神来，只会说不知道，除此之外却半点儿头绪都没有。西夫金大呼道太不可思议了，不仅没就此打住，反而激起了他更大的兴趣。接着，康威承受着身体和精神的双重不适，绞尽脑汁地去回忆，最终说，这只是肖邦的一首练习曲。听到这个结果，连我一个艺术造诣不深的人都无法说服自己接受这个说法，遑论西夫金了。当他直接否定说不可能的时候，我一点儿都不意外，可真正让我大吃一惊的却是康威的反应，鉴于一路走来，康威一直表现得一副云淡风轻的模样，仿佛泰山崩于前都不变色，万万没想到他对这一点却异乎寻常地执着，他突然变得义愤填膺起来。'我亲爱的朋友，'西夫金劝慰道，'我对肖邦现存于世的每一首作品都了如指掌，我可以跟你保证，他绝对没有写过你刚才弹的那首曲子，虽说肖邦真的很有可能写过这样的曲子，因为这绝对是他的创作风格，但是他确实没有写过。

我敢跟你打赌，任何一个已出版的肖邦作品集都没有收纳过这首乐曲的完整版本。'听到这里，康威最终只是回复道：'噢，你说得对，我想起来了，它从没有被印刷出版过。我只是从一个我认识的人那里学来的，他曾经是肖邦的一个学生，我这儿还有另外一首肖邦的练习曲，同样也没有被发表过。'"

卢瑟福仔细留意了一下我的神色，看我没什么反应，又继续道："我不知道你是不是一个行家，但即便你不是，你肯定也能理解西夫金的那种欣喜若狂，我也同样，于是康威继续演奏了另外一首。种种迹象让我对他的过去的感知又陷入了一片云山雾罩当中，除了无所考究的印度语，这是第一条我能看得见却摸不着的线索，刚捋出一点儿头绪就戛然而止了。西夫金自然全神贯注地纠结于他的艺术难题中，这本身就够让人费解的，我一提醒你就知道是怎么回事儿了，肖邦在1849年就已经去世了。

"整件事情都透着蹊跷，退一万步来说，就算我是在做梦，可当时船上至少还有十多个目击证人呢，其中还包括加利福尼亚大学一位颇有名望的教授。显而易见的，康威的说法完全站不住脚，按照时间发生的顺序排列来看，根本对不上，这太不符合常理了。但是就艺术本身来看，那两首乐曲又是活生生的铁证，这又该如何解释呢？如果不是康威说的那样，那事实的真相又是什么呢？西夫金确信地告知我，如果那两首乐曲问世，不出半年必将成为每一个演奏家的保留曲目。即使这个说法有些夸大其词，但还是能看出西夫金对这两首作品是极度推崇的。

"一时也争论不出个所以然，做什么都无济于事，唯有康威仍旧坚持他的说法，而且他看上去开始出现精疲力尽、身心交瘁的颓态，我很担忧他的身体,连忙将他带离拥挤的人群去隔离舱休息。最后,我们商讨出来一个办法,打算用留声机把它们记录下来。西夫金说他一到美国就会重新调整他所有的行程安排,康威也允诺他表示自己可以去录音棚录制。后来,每每想起这件事,我都觉得是一个巨大的遗憾,不管从哪个层面来说,康威终是没能信守诺言。"

卢瑟福瞥了一眼手表,提醒我时间还很充裕,足够我去赶火车,因为他的故事已经接近尾声了。"当天晚上——就是演奏会的那天晚上——他恢复了记忆。那时我们已经分头去各自的船舱休息,当他来找我的时候,我还在床上躺着没入睡。从他僵硬紧绷的神色中,我能读出那份无以言表的悲伤,我不知道你是否也能够感同身受,那种仿佛世界末日,大厦倾颓,乾坤颠倒,一切都变得遥远而空洞,令人悲观厌世到绝望,或者正如日耳曼人所谓的自我放逐的沉沦。他说他清楚地记起了每一件事,当西夫金在演奏的时候就已初露端倪,开始的时候只有零星的几个画面。他在我的床边坐了好久,我告诉他别着急,多给自己点儿缓冲的时间,按照自己的思维方式慢慢地讲给我听。我说我很高兴他能找回自己失落的记忆,但如果那记忆是他想永远埋葬的,恨不得从未想起过,我也同样为他感到难过。他定定地看着我,为了表达他的感激之情,他给予了我最崇高的敬意。'感谢上帝,卢瑟福,'他说道,'你真是一位善解人意的好人,总是将人照顾得无微不至。'过了一会儿,我穿上了外套,劝他也穿上,我们爬出船舱,走上甲板。那是一个风平浪静的夜晚,夜空繁星点点,暖风沁人心脾,大海苍茫深邃,雾霭袅袅,绵密浓郁得好似冷凝的炼乳。要不是轮船的引擎时不时地发出阵阵轰鸣声,我们仿佛就漫步在平坦宽敞的滨海大道上。我静静地聆听着康威流淌的思绪,没有提出任何疑问进行干扰。

大约拂晓的时候，他理得稍微顺遂了一些，已经能够不假思索就滔滔不绝地讲给我听，直到早饭时间，太阳高高挂起，光芒万丈，他的讲述方才结束。

"我所说的'结束'是指暂时告一段落，并不意味着除此之外他便无话可说，只是说他对内心情感的剖析已完成了第一个阶段的倾吐。在接下来的二十四小时里，他断断续续地又详述了大量的重要信息。他很悲伤，几乎无法入睡，我们甚至只能采用不间断交谈的方式以缓解他脑袋里那根随时会崩断的弦。差不多第二天午夜时分，轮船终于如期抵达了火奴鲁鲁。在那天晚上稍早一点儿的时候，我们俩还挤在我的船舱里一起喝啤酒，十点的时候，他离开了我的船舱，从那以后，我再也没见过他。"

"你的意思……不是……难道说？"我的脸色倏地变得严肃苍白，我的脑子里突然闪过一个画面，我曾见过一艘从霍利黑德开往金斯敦的邮轮，船上有一个人镇定从容地自杀了。

卢瑟福大笑道："噢！上帝啊！不会的，他绝不是那种会自杀的人。他给我留了一张便条。其实要想上岸是很容易的，但他一定是发现想要抹去自己的踪迹是很难的，尤其是当我派人四处寻找他的时候，事实上我确实也这么做了，却没能成功。后来，我知悉他想方设法以船员的身份混上了一艘开往斐济运送香蕉的货轮上。"

"你是怎么知道他去了斐济？"

"很简单，他自己写信告诉我的。三个月后，他从泰国的曼谷给我写了一封信，随信还附上了一张汇票，用来偿我因他之故而支出的费用。他信中再次向我表示感谢，并告知我他现在过得很好。他也提到了接下来的打算和行程，他即将开启一趟漫长的旅程，方向是西北。

只有这些只字片语的讯息,别的什么都没说。"

"西北?具体是指哪个地方?"

"确实,说得太笼统了,是吧?很多地方都坐落在曼谷的西北方。如果细算起来,甚至柏林都算。"

卢瑟福的讲述暂时告一段落,他将我们俩的酒杯又斟满了酒。那绝对称得上是一个离奇的故事——或者说是他故意为之,吊人胃口,我分不清是哪一种。这个故事中肖邦钢琴曲的那一部分,虽然令人困惑,但我并不是很感兴趣,相比而言,我更想知道的是他到中国教会医院的这段未解之谜,可压根儿又无从猜测。卢瑟福回答说实际上这两个部分,追踪溯源,其实都是同一个问题。

"那么,他究竟遭遇了什么?又是如何来到重庆的呢?"我问道,"我猜他应该都告诉你了,在轮船上他恢复记忆的那个晚上。"

"是的,他确实告诉了我一些事情,但我听了之后觉得太荒谬了,好吧,既然已经跟你讲了这么多,还藏头露尾地跟你卖关子实在是说不过去。只是你要有心理准备,那是一个很长很长的故事,在你赶火车之前,我连个大概都讲不完。况且开弓没有回头箭,不过好在碰巧还有一个更加便捷的方法。你可能不晓得,我有点儿挫败感,职业病使然,其实对透露出这个颠倒我认知的故事,我是有私心的,我再三思量之后,对康威的离奇经历产生了极厚的兴趣。我把我们在船上的各种谈话做了笔记,先是简单地记录下来,所以我并没有忘记那些细节,仿佛冥冥之中有一种魔力吸引着我,随后我产生了强烈的冲动,把这些笔记记载的记忆碎片编纂成书面的一个个独立的故事。在这个过程当中,并不意味着我虚构或者篡改了任何事情。康威给我讲述的内容用作写作素材已经足够了:他是一个十分健谈的人,天生就具有交际的能力，特别擅于营造热烈愉快的沟通氛围。通过那些日子的相处，我想我已经走进了这个人的内心深处，对他的内心世界多少有些了解。"他起身去拿公文包，从中取出了一捆打印好的手稿。"那，都在这儿了，信不信由你，怎么处理它们都可以。"

"如果我没理解错的话，你的意思是说我可能不相信它？"

"噢，也不能过早地下这样的结论。但是在哲学的思想领域，如果你想相信它是真实的，就像德尔图良①世传不衰的诤言所说的那样——你还记得吗？唯其荒谬，我才信仰。也许是一个不错的观点。我只有一个请求，看过后，让我知道你对整个事件的看法。"

我带走了卢瑟福的那份手稿，在去往奥斯坦德②的特快列车上忍不住读了大半。我本打算一回到英国就写一封长信交流一下我的感受，连同手稿一并邮寄给卢瑟福，但因为有事情而耽搁了，当我腾出手来能做这件事情的时候，卢瑟福先给我捎来了讯息，他的信上说他将再次踏上漫游的旅程，接下来的几个月都将漂泊不定，居无定所。他打算去克什米尔，他描述了大概的行程，随后从那里去"东方"。看了那份手稿之后，得知卢瑟福的所作所为，我一点儿都不惊讶。

---

① 德尔图良：基督教著名的神学家、哲学家。
② 奥斯坦德：比利时西北部的一座城市。

第一章

　　进入5月的第三个星期,巴斯库尔的局势变得越发糟糕,20日的时候,从白沙瓦调遣的空军部队武装运输机已经抵达,用于疏散当地的八十多位白人居民,其中绝大多数人已经乘坐武装运输机横穿山脉成功地撤离了。由于时间紧任务重,还有几架杂牌飞机也被临时征用,其中有一架客机是从印度钱德拉布尔的一位大君①手里租借来的。

　　这天上午十点左右,有四位乘客登上了这架飞机:东方传教团的罗伯特·布林克洛小姐,美国人亨利·巴纳德,领事休·康威,副领事查尔斯·马林森上尉。

　　这四个名字没过多久,就出现在印度和英国的报纸新闻上。

　　康威已经三十七岁了,他在巴斯库尔工作了两年,他现在所从事的职业做到这个地步,本应该是人生的高光时刻,现如今却只能颁发一个坚持不懈、不屈不挠的好人卡,惋惜一句"命不好,押错了宝"。他的职业生涯就此告一个段落。

---

① 大君:印度君侯的尊称。

也许在几周后,或者几个月后,他将再次离开英格兰被派遣至某地,东京或者德黑兰,马尼拉或者马斯喀特。他这个职业的人从来不知晓下一刻所面临的将是什么样的境况。他已经在领事岗位上任职了十个年头,像他这么精明干练、机智敏锐的人,这么久的阅历足够他估算一下自己的机遇还剩下几成。他清晰地认识到那种肥缺美差绝对不会落到自己的头上。这可不是吃不着葡萄说葡萄酸,而是发自心底的由衷的喟叹,是审慎分析过后的自知之明。他更青睐于去做一些少一分刻板拘谨、多一分创新活力的工作,但往往这样的工作前景和待遇都不太好,这在别人看来,毋庸置疑都觉得是他自己把一手好牌打得稀烂。实际上,他自我感觉还不错,觉得这十几年间遭遇了形形色色的人和事,总体来说还算乐在其中。

他个子很高,皮肤呈深色系的古铜色,一头棕褐色的头发修剪得短短的,长着一双蓝灰色的眼睛。他不笑的时候,总是给人一种严厉苛刻、忧郁严肃的感觉,可一旦笑起来,就显得分外孩子气,不过这种情况很少见。他的左眼周边会产生轻微的神经质的抽搐,尤其是当他工作过于疲惫,或者饮酒过量的时候就越发明显。在疏散撤退之前,他昼夜不停地连轴转,整理、销毁文件片刻都没能喘息,当他爬上飞机的时候,左眼处凸出的青筋抽搐得更厉害了。他已经心力交瘁,因此他刻意将自己安排到大君极为舒适的豪华客机上,而非窄小逼仄的军用运输机时,心底还是无法抑制地涌上了喜悦。飞机骤升,冲向高空翱翔于天际之时,他舒服地坐在座椅上,随意地伸展着四肢。他是那样一种男人,多数情况下忍得了艰苦,耐得了险阻,但偶尔也不会拒绝能力范围内惬意的享受作为对自己的犒劳。他可以做到欣然忍受去往撒马尔罕道路上极端艰苦的环境,但是在伦敦开往巴黎的"金箭"

号顶级豪华的邮轮上,他也会毫不犹豫地花光身上最后一张钞票尽情地享受奢靡带来的快感。

飞机飞行了一个多小时以后,马林森说他觉得这个飞行员并没有保持在一条笔直的航线上,然后立即坐到了前排座椅上。他是一个二十出头儿的年轻小伙子,满脸的青涩稚嫩,机智有余,理智却不足,饱受公立学校的束缚之扰,但同时也享受着其带来的优异福利和荣耀。之所以被派遣到巴斯库尔这种地方来,主要是因为他有一门课程不及格。在巴斯库尔,康威已经跟他共事了半年,相处下来,他觉得这个小伙子为人还是不错的,对他也颇为喜欢。

但康威不想在飞机上耗费精力去交谈,他觉得没有这个必要。他懒洋洋地睁开了昏昏欲睡的双眼,漫不经心地回应道不管飞机走什么航线,飞行员想必知道得最清楚。

半个小时以后,疲惫感再次席卷而至,伴随着引擎低沉单调的轰鸣声,康威放松心神刚要睡去,马林森再次打断了他的睡眠:"我说,康威,如果我没记错的话,给我们驾驶飞机的是芬纳吧?"

"是啊,怎么了,难道还能不是他吗?"

"那个小伙子刚才转了一下头,我发誓,他绝对不是芬纳。"

"很难看出来区别吧,尤其是还隔着一块玻璃嵌板。"

"芬纳那张脸化成灰我都认识。"

"好吧,那就一定是其他人啦。我并不觉得这是什么要紧的事情。"

"但是芬纳明确地告诉过我,是他来驾驶这架飞机啊。"

"他们肯定临时改变了主意,换另外一个人代替他。"

"那这个人又是谁呢?"

"我说小伙子,我怎么知道?你不会觉得我能记住空军部队里每一个飞行员的脸吧。你能吗？"

"大部分我都能认出来，但不管怎么说，我不认识这个家伙。"

"那就说明他一定属于你不认识的那一小部分人了。"说罢，康威又微笑地补充道，"我们很快就能抵达白沙瓦了，到时候你就能结识他，顺便多了解了解他这个人。"

"这样下去，我们根本就到不了白沙瓦。我们的飞机压根儿就不在正确的航线上。不过对此我也不觉得有什么奇怪的——毕竟他飞得太高了，根本不知道自己在哪里。"

康威不觉得这是一件值得困扰的事情。他已经习惯了乘飞机旅行，顺其自然，一切都是最好的安排。此外，他到了白沙瓦，既没有什么迫不及待地想要去做的事情，也没有什么特别值得思念的人。因此，对他而言，旅行的时长究竟是四个小时还是六个小时完全没有什么不同。他没有结婚，旅程的终点亦没有温柔小意的问候等着他。他确实有一些朋友，其中有几个倒是很可能会带他去夜总会喝几杯。这只能说是一件让他身心愉快的事情，但还达不到思慕般渴求的地步。

当他以客观的视角追忆过往的十年职业生涯，不能说事事顺意，总体来说尚可，他并没有时间和精力对过去顾影自怜。世事无常，时局动荡，难得的空闲之后又变得越发不稳定，他的境遇如此，整个世界的格局亦如是。他想起了巴斯库尔、北京、澳门，还有其他很多很多地方——他的工作调动异常频繁，在各地辗转漂泊少有宁日。在他最遥远的记忆中，还有牛津大学，战争爆发后，他在那里做过几年学院教师，教授东方史，在洒满阳光的图书馆里翻阅那些被尘封的资料，骑着脚踏单车漫游于山地之上。这种回忆美轮美奂，却不能打动他的心，甚至激不起丝毫兴致来；他恍然觉得自己仍旧是彼时那个古井无波、清心寡欲的自己。

飞机突然倾斜，一股熟悉的心慌感瞬间袭来，康威知晓这是飞机开始下降了。看着马林森坐立不安的烦躁样子，他禁不住想要捉弄一下他，谁知这个年轻小伙子突然冒冒失失地站了起来，头"砰"的一声撞上了舱顶，打断了他没来得及出口的玩笑，也惊醒了在过道另一侧打盹儿的美国人巴纳德。"我的上帝！"马林森叫嚷起来，直勾勾地看着窗外，"快看下面！"

康威闻言向外看去。眼前的景致的确不是他想看到的模样，这并不是他眼花，也非幻觉，的的确确不是他所期待的任何一种景象。没有呈几何形排列的整齐的英军驻印度的兵营，也没有巨大的矩形飞机库，只有浓浓的雾霭和红褐色的一片荒芜与孤寂。即便飞机正在骤降，却仍然处于一个超乎寻常的飞行高度。连绵不绝的起伏的山脊线依稀可辨，大约一英里，抑或比那更近，是更加昏暗、模糊不清的山谷。这是典型的边塞风光，即便是康威这种经历过大风大浪、见多识广的人也从未在如此海拔高度见过这样别致的景色。事出反常必有妖，冥冥之中给了他一种不祥的预感，他想象不出白沙瓦附近哪里会有这样的风光。"我认不出这是世界上的哪个角落！"他喃喃自语道。鉴于他不想让其他人感到恐慌，他靠近马林森，附耳说道："看起来你似乎是对的。这个飞行员迷路了。"

飞机正以一个极快的速度向下俯冲，正因如此，空气也变得越来越热，下面备受炙烤的土地就像一个烤炉刹那间开了门，传来阵阵热浪。地平线上一个又一个拔地而起的山峰崎岖嶙峋，在暗淡的光线中那黑色的轮廓留下了一丛丛剪影。此时的飞机正沿着一个弯曲的山谷蜿蜒前行，山谷的地表布满了岩石，徒留一些干涸的河道残骸胡乱地点缀着。看起来像是地板上散乱扔着的坚果壳。飞机一路在气阱①中颠簸摇摆,让人难受得如同滚滚海浪中一艘摇曳飘零的小船。四位乘客不得不使出浑身的力气死死地抓住身下的座椅。

"看这架势,他好像要准备着陆!"美国人嘶哑地吼道。

"他绝对做不到!"马林森反驳道,"如果他真的这样做,那他绝对是疯了!他会让整个飞机都坠毁的,而且……"

但是这位飞行员确实让飞机着陆了,停在一条溪谷旁的狭小空地上。飞行员的驾驶技术着实令人钦佩,飞机在一阵颠簸中,结束滑行安全地停稳了。在那之后发生的事情,无论如何,都没能让人感到些许宽慰,反而更加迷惑不解。一大群留着络腮胡子,包着头巾的部落男子从各个方位涌出来冲向飞机,包围了整个机身,成功地阻止了除了飞行员之外的所有想要从机舱里出来的人。飞行员手脚并用地从驾驶舱下到地面上,跟当地人兴奋地聊起来,在这一系列事件的过程中,到目前为止有一点是无比清晰的,那个人不是芬纳,他根本就不是一个英国人,甚至都不是个欧洲人。与此同时,无数桶汽油从附近的军需品临时存放点搬运过来,倒入飞机那硕大无比的油箱中。面对被囚禁的四位乘客的叫嚷,他们要么龇牙咧嘴地露出恶狠狠的表情,要么就置之不理,沉默以对,而一旦他们有一丁点儿想从飞机上下来的举动,面对的将是部落男子举起来复步枪的威胁和恐吓。

康威会一点儿普什图语,尽他所能地用他们能听得懂的土著语进行慷慨激昂的交涉,然而却不奏效。面对他不厌其烦地使用各种语言的劝说,飞行员唯一的反应就是夸张地挥舞着他的左轮手枪以示恫吓。

---

① 气阱:使飞机突然下降的低气压区。

正午的阳光炽热地炙烤着机舱顶部，机舱里的温度被蒸腾成人体难以承受的高温，几欲令人晕厥，他们的抗议只是一场跳梁小丑般的徒劳。他们对此实在无能为力，因为当初在撤离时，不准他们携带任何武器。

油箱终于加满了，并旋紧了盖子，一只装着温水的汽油桶通过一个舷窗递了进来。尽管这些人从表面上来看并没有什么恶意，却仍然没有人给康威他们答疑解惑。飞行员又跟他们聊了一会儿，然后爬回了驾驶舱。一个帕坦人笨拙地转动着螺旋桨，飞机在短暂的停歇、补给后再次冲上了云霄。

飞机想要在如此狭窄局促的范围里起飞，何况又额外增加了一满箱油的负荷，这与着陆相比需要更高超的驾驶技术。飞机骤升重新钻入雾霭云层，似乎是为了确定一下航线，接着便继续向东飞去。此时正值午后。

多么光怪陆离、匪夷所思的事情！随着空气变得凉爽，大家也逐渐恢复了精力，乘客们几乎不敢相信这一切究竟是不是一场梦。这简直骇人听闻，在所有关于边境冲突的记录中，绝对是史无前例的，找不到任何一件可与之比拟的案例。事实上，若不是他们自身都是这场事件的亲历者，无论如何也不会相信眼前发生的一切不是故事里的天方夜谭。这也是人之常情，不可置信过后，心底便油然升起一股激烈的愤慨来，当愤怒之火烧干了为数不多的精气神，好似一只泄了气的皮球，只剩下对前途未卜的惶恐与焦虑不安的胡思乱想。马林森提出的推测，相对其他人没有任何建设性的意见而言，最终发现这算是一个比较容易接受的说法：他们被绑架了，最终目的是勒索赎金。这种把戏绝不是新鲜的玩意儿，尽管绑架的手法可以视为一种创新的模式。

唯一能让人感到安慰的是他们并非开创历史先河的缔造者，毕竟之前也有过绑架事件，且大部分人的结局还是不错的。部落的土著人把你带到深山的秘密巢穴里，直到政府付清了赎金，你就能重获自由。你会得到客气的招待，政府支付的赎金既不是你出的，你也得不到分毫，最终，整件事情唯一跟你有关的就是你的精神经受了惊吓和折磨。随后，顺水推舟地，空军派出了一个轰炸中队处理这件事情的后续，而你徒留一个精彩绝伦的历险故事，在余生中作为吹牛的资本尽情地挥霍。马林森发表了他的观点后，略微有点儿紧张，但是巴纳德这个美国人却不急不徐、嬉皮笑脸地大声开起了玩笑："如此说来，绅士们，我敢说对某些人来讲，这不失为一个可爱的想法，但我看不出你们的空军到底为自己赢得了哪些荣耀。你们英国人总是拿芝加哥的持械抢劫案之类的事件开玩笑，但恕我愚钝，我想不起哪个实例能够做到让一个持枪歹徒劫持一架美国政府的飞机顺利逃脱。顺便提一下，我还想知道，这个家伙对那个真正的飞行员做了什么。我敢打赌，一定是把他塞进沙袋里了。"说罢，他打了个哈欠，他是一个身材硕大、比较肥胖的大块头，有着一张倔强不屈的脸，虽然脸上的皱纹多少显露了他的好脾气，却无法掩盖他耷拉的眼袋中自带的悲观主义。在巴斯库尔，大家只知道他来自波斯，除此之外，没有人知道他更多的信息，据大家猜测他可能从事与石油相关的生意。

与此同时，康威正忙着做一些有实际意义的事情。他把飞机上所有的碎纸片都收集起来，在上面写上各种当地的文字，每隔一段时间便向地面撒去。虽然在地域广袤人口稀疏的区域里，这样做的机会十分渺茫，但终归值得一试。

第四位乘客是布林克洛小姐，她坐在那儿双唇紧闭，缄口不语，脊背僵直，一动不动，既不参与讨论，也不抱怨。她虽然身材娇小，却是个相当坚韧的女人，一副被迫参加聚会的样子，只不过正在参加的这个诡异的活动，她虽不喜欢却也别无选择。

康威相对其他两个男人来说，话很少，因为将紧急求救的信息翻译成各种方言是一件极耗脑力的活计，他需要保持精神高度集中。然而当他被提及的时候，也是有问必答，他姑且对马林森的绑架观点先表示赞同。在某种程度上，他对巴纳德对空军的苛评也并未持反对意见。"当然，我们大致可以猜出这件事的第一步是如何成功的。在当地的骚乱中，穿着飞行员服装的人，看起来都非常相像。没有人去怀疑任何一个穿着专属制服且看起来又非常专业的人会有问题。况且，这个家伙肯定又熟悉整个系统的操作流程——比如起飞信号等。更何况，他懂得如何驾驶飞机……尽管如此，我仍然赞同你的观点，这种事情肯定要有人倒霉，被殃及池鱼。其实你我都很清楚，这些人本不应该遭受这些。"

"说得很好，先生，"巴纳德回应道，"无可否认，我确实很钦佩你能够清晰地考虑到问题的两面性。这就是应有的正确的态度，毋庸置疑，即便在你被绑架的时候，依然保有这种态度。"

美国人嘛，康威认真琢磨了一番，觉得他们天生就有一种本领，能够将自认为高人一等的事情说得不那么让人反感。他宽容地笑了笑，并没有继续这个话题。他的疲惫已经到了即便遇到任何迫在眉睫的巨大危险也不得不推后再说的地步。临近傍晚时分，巴纳德和马林森两个人依然争论不休，谁也说服不了谁，分不出个高低对错来，于是想寻求康威主持公道做个裁决，转头却赫然发现他已经睡着了。

"他真是累坏了，"马林森说道，"最近连轴转了好几周，累成这样我还真不觉得奇怪。"

"你是他的朋友？"巴纳德询问道。

"我跟他一起在领事馆共事。我恰巧知道他已经连续四晚没有睡觉了。事实上，身处如此困境，有他在是我们的幸运。他除了会说好几种语言，还有一种独特的处理人际关系的能力，是搞外交的一把好手。如果有一个人能够带领我们走出困境，那个人无疑就是他了。他在遇到绝大部分危险时，都能保持一种足够的理智和冷静。"

"好极了，那就让他好好睡一觉吧。"巴纳德赞同道。

布林克洛小姐也难得地开了尊口，评论道："我觉得他看起来是一个非常勇敢的男人。"

康威自己都不太确定自己是否是个勇敢的人。他闭着眼睛，纯粹是生理上的疲惫，实际上他并没有睡着，他能够听到、感受到飞机上的每一丝动静，也听到了马林森对自己的溢美之词，说没有半丝动容是假的，那感觉真是五味杂陈。接着，他仍处于自我怀疑中，却突然察觉到胃部传来一阵紧缩的不适感，那是他身体的应激机制对精神上的焦虑不安产生的一种本能的反应。从他对自身经历的认知来看，他不是那种热爱冒险的人。虽然有时从某个层面来说，他偶尔会在缺乏活力的时候，寻求一点儿刺激来净化一下麻木呆滞的情绪，但是距离拿生命去冒险寻求快感这种境界还是相去甚远的。

早在十二年前，他在法国时就十分痛恨战争中堑壕战所处的危险和困境，有好几次都靠拒绝无谓的牺牲而捡回了一条命。甚至他获得的优异服务勋章，也不完全是凭借血气之勇挣得的，多少还是投机取巧地占了故步自封、长期坚忍的便宜。自从战争爆发以来，无论何时再遇到危险，他都兴致缺缺，心如止水的功夫练得炉火纯青，除非确保缴获的收益足够刺激。

他仍旧闭着眼睛保持着假寐状态,听了马林森对他的夸赞,他十分动容,却有点儿心虚,觉得自己愧不敢当。冥冥中,就像命中注定的一般,别人总是将他的平和泰然误以为是勇敢和胆气,而事实上,他只不过是多了一份理智冷静,少了一份男子气概罢了。按说他们彼此命运相连,都陷入了可恨的险境之中,可是他非但没有充满勇气和斗志,反而对即将到来的各种麻烦本能地排斥,觉得极其厌恶。未知的不说,已知的却近在眼前,比如布林克洛小姐,他不得不按照正常的假定进行推测,可以预见在某些情况下,就因为她是一个女人,远比其他人加起来还要麻烦,他本想畏避这种困难,却不得不违心而为,因为避无可避。

不过,当他表现出刚刚清醒过来的样子之后,他还是先跟布林克洛小姐开了口。他意识到她既不年轻也不漂亮——找不到外貌上的任何优点,但是在此种境遇下,反而极为有益,就像那些人一样很快就能发现自我所处的状态。他对她也感到十分抱歉,鉴于他猜想马林森和那个美国人都不怎么喜欢传教士,尤其还是一位女传教士。他自己对此倒是没有什么偏见,不过他担心她因不太适应他的直率,从而造成更加尴尬的局面。

"我们似乎正处于一个诡异的困境之中,"他附身在她耳边说道,"但是我很高兴你能处变不惊。我真的不认为我们会遭遇那些可怕的事情。"

"如果你愿意阻止它,我也确定那种事情绝对不会发生。"她回答道。然而这话并不能让康威感到些许宽慰。

"你必须让我知道有什么是我们力所能及能够为你做的,好让你更舒适一些。"

巴纳德抓住了这个字眼儿。"舒适?"他哑着嗓子粗声大气地喊道,"哎呀,我们当然都比较舒适了。我们正在享受这次意外的旅程。可惜的是我们手里都没有一副扑克牌——否则我们就能玩三局两胜的桥牌游戏了。"

康威很乐于看到这种谈话的氛围,尽管他不喜欢桥牌。"我猜布林克洛小姐不会玩儿。"他微笑地说道。

但是这位传教士迅速地转过来反驳道:"你猜错了,我的的确确是会玩儿的,而且我也从没发现玩纸牌游戏会产生什么伤害。况且这也没有违背《圣经》中的条文,二者并不冲突。"

所有人都其乐融融地笑了起来,似乎很感激她为此提供的托词。无论如何,康威觉得至少她还没有情绪狂暴到歇斯底里的地步。

整个下午,飞机都在稀薄的雾霭中穿梭,翱翔于高空大气层中,远远高于能够看清地表视野的高度。有时要间隔好长一段时间,才会撕开一片雾霭的缺口,依稀露出嶙峋起伏的山峦的轮廓,或者不知名的河流反射的粼粼波光。根据太阳大致能辨别出航行的方向,偶尔偏北,却始终是朝着东方蜿蜒飞行,但具体到了哪里还得根据飞行的速度进行估算,对此,康威也无法准确地做出判断。不过,似乎有一点是可以猜得到的,那就是飞机肯定已经耗费了大量汽油,不过这还要考虑各种变量因素所产生的影响。康威不懂得飞机的专业技术知识,但这并不妨碍他能够判断出,不管这位飞行员是谁,他都完全称得上是把业内的好手。从他能够在布满碎石的狭窄山谷迫降并且安全着陆,就足以证明这一点,之后遇到的其他险情,他也能够凭借高超的驾驶技术顺利地化险为夷。每每遇到需要展现过人本领之际,他都抑制不住地想要当仁不让地刷一波存在感。他已经习惯于被人求助的感觉，只有意识到没有人再需要他的时候，内心方才感到些许的平静，即便是在将来更复杂的困境中亦是如此。但是他并不希望跟他的同行者分享这样一种玄妙的情绪。他承认那几个人可能比他有更多割舍不下的牵挂和焦虑不安的理由。比如马林森，他在英格兰有一位订了婚的姑娘；巴纳德可能已经结婚了；布林克洛小姐有她的工作和假期安排，她可能比较尊重她的职业并十分珍视它。不得不提的是，到目前为止，马林森是几个人中最不冷静沉着的一个，随着时间的流逝，他的易怒情绪不断飙升，濒临暴走的边缘，同时，他看着康威那张异常冷静的脸越发的不顺眼，虽然他也曾在背后对此大为赞赏过。一场暴风雨般的激烈争吵一触即发，瞬间盖过了引擎发出的轰鸣声。

"看看我们现在囚徒一样的困境，"马林森愤怒地咆哮道，"难道我们就甘心坐以待毙，被人玩弄于股掌之上，任那个该死的疯子为所欲为吗？我们就不能砸碎那个玻璃嵌板，把那个家伙拉出来做个了断吗？"

"根本无计可施，"康威回道，"他有武器，我们却手无寸铁，况且除此之外，我们当中毕竟没有人能够驾驶飞机让它安全着陆。"

"这有什么难的，我敢说你能做到。"

"我亲爱的马林森，为什么你总是希望我能够创造奇迹呢？"

"好吧，不管怎样，这件事情太诡异了，我快要崩溃了。难道我们就不能让他先着陆？"

"你认为应该怎么做？"

马林森越发焦躁不安："可是，他就在那里，不是吗？距离我们仅六英尺①，我们是三对一的局面！难道我们就只能一直瞪着他该死的背影什么都不做吗？至少我们可以胁迫他，让他告诉我们，他葫芦里到底卖的是什么药吧。"

"好吧，那我们试试看。"康威朝前迈了几步，到了机舱与驾驶舱的隔离板处。驾驶舱位于飞机前端稍高的地方，那里有一片窗玻璃，大约六平方英寸②，是一个可以拉开的活动窗口。通过窗口，飞行员可以转过头略微俯身，与后面的乘客进行交流。康威用他的指关节轻轻敲了几下。对方的应答跟他料想的一样极具有戏剧性。那块玻璃嵌板向一侧拉开，露出一支左轮手枪黑洞洞的枪管。一个字都不用说，枪管就是唯一的答复。康威没有进行任何争辩便撤了回来，玻璃嵌板再次关上。

马林森目睹了整个过程，对这个结果他并不满意。"我不信他敢开枪，"他不死心地嘟囔道，"他可能只是虚张声势吓唬人的。"

"这种可能性很大，"康威很是赞同，"但是我希望由你去证实此事。"

"唉，我不过是想做些努力去抗争，而不是像现在这样什么都不做就乖乖屈服。"

康威十分赞同。联想到他受学校历史书的熏陶和有关英国士兵传说的影响，康威意识到按照传统习俗，英国人从来都无所畏惧，从不投降屈服，也从来不会被击败。他说道："没有十足获胜的把握便盲目地冲动行事，是不智之举。我不是那种逞能的英雄人物。"

---

① 1英尺=0.304 8米。
② 1英寸=6.451 6平方厘米。

"你说得棒极了,先生,"巴纳德忍不住插嘴,由衷地赞美道,"识时务者为俊杰,当你被人掐住了七寸,不妨愉快地接受这个事实。对我来说,今朝有酒今朝醉,乐呵一天是一天,兄弟,来根雪茄吧。我希望你不要思虑过重,小题大做自己吓唬自己,让咱们都乱了阵脚,得不偿失,你说是这么个理儿吧?"

"抽烟我倒是无所谓,就怕打扰到布林克洛小姐。"

巴纳德反应极快地向在场唯一的女士赔礼道歉:"女士,请原谅我,介意我吸根烟吗?"

"一点儿都不介意,"她优雅和善地回答道,"虽然我自己不吸烟,但我却非常喜爱闻雪茄的味道。"

康威感到诧异,尽管可能所有的女人都会这么说,但布林克洛无疑是最特别的。不管怎样,马林森濒临暴走的情绪稍微缓解了一些,为了表达自己的友好,他主动递了一支烟给巴纳德,自己却没有点上一支。"我非常理解你的感受,"康威温和地安慰道,"前途未卜,甚至在某种程度上来说,可能会糟糕透顶,因为我们对此无能为力,什么都改变不了。"

"既来之则安之,换一种角度想,也许这一切未必不是件好事。"他忍不住在心底暗暗补充道,此时,他仍处于极度疲惫当中。他骨子里有一种人们常称为懒惰的品性,尽管它并不严重。若不是逼到份上,谁愿意自找苦吃,去处理棘手的麻烦,愿意主动肩负责任的人毕竟少之又少。事实证明,他并不热衷于有所作为、大出风头,也不想承担任何责任。这两点在他的工作过程中都有所体现,他做的时候一定尽力而为,但也时刻准备着让位给其他能做或者做得更好的人。毋庸置疑,在一定程度上,这种与世无争的服务与奉献精神令他不显山不露水地便能获得成功。他没有野心勃勃地打击排挤他人，将自己推向风口浪尖，抑或在真的无计可施的时候，过度彰显自己的黔驴技穷。有时他的雷厉风行简明扼要到让人觉得太过轻率，尽管他在突发紧急状况之时表现出来的冷静值得人敬佩，但还是免不了让人觉得太过谨慎。他工作的当局机构更倾向于认定他是一位努力上进、让人印象深刻的人，他表面的冷漠也只不过是一套伪装，为了掩饰内里高贵的情操而已。时下，背地里大家对康威的好奇与怀疑时有发生，几乎成为当下一种流行的趋势，大家都想探究他的内心是不是跟他的外表展现得一样镇定自若，真的泰山崩于前而面不改色。但是这种事情，跟"懒惰"的评价一样说不好，毕竟无从考证。就连观察员都察觉不出来，其实让他们感到挫败和困惑的事实真相真的很简单——只不过是因为他对安静和独处情有独钟，喜欢沉思和冥想罢了。

　　此时此刻，他处于心有余而力不足、只能无所事事的境地，只好斜靠在座椅上被迫选择睡觉。当他醒来的时候，他注意到其他几个人的状态有了很大的变化，尽管他们仍然存有各种各样的焦虑和不安，但人在屋檐下不得不低头，彼此都默契地选择了屈服。布林克洛小姐双眼紧闭，直挺挺地坐着，看上去就像一尊失了色泽又过了气的神像；马林森手托着下巴，懒洋洋地倾身向前坐在自己的座位上；那个美国人甚至打起了鼾。康威暗想这些人还算识相，毕竟大喊大叫除了把自己弄得精疲力尽，没有任何益处。就在这时，他突然意识到身体传来了一种异样的感觉，头部有轻微的眩晕，心跳加速，呼吸困难，需要大口大口地喘息。他记得以前曾出现过这样的症状，那是在瑞士的阿尔卑斯山脉上。

　　他把视线转向窗外，向远方眺望。周围的天空清澈如洗，夕阳的余晖洒落天际，那瑰丽的景象瞬间造成的视觉冲击，能够轻易夺人心魄，令人忘了呼吸。目之所及的远方，坐落着连绵不绝的雪峰冰川，乍一望去，好似飘浮于浩淼的云端之上，簇拥着整个弧状的苍穹，消弭于西方的地平线，那浓烈绚丽的色泽，就像一个半疯的天才一挥而就创作出来的印象派画家的背景幕布。与此同时，这架飞机在以天为幕的大舞台上，连续发出单调的低鸣声，擦着好似与苍穹融为一体的银白色陡崖峭壁而过，直到太阳照射其上，方才发现什么叫作巧夺天工。就像从米伦小镇望去，层峦叠嶂的少女峰散发着耀眼的光芒，如火焰般闪闪发亮，壮丽辉煌。

康威不是一个轻易动容的人，若是在平时，他从不关注什么"风景"，尤其是那些由市政当局体贴周到地提供了公园长椅的著名景观。记得曾经有一次，康威被带去了老虎山，就在印度东北的大吉岭附近，就为了看一看珠穆朗玛峰上的日出，他发现这座世界上最高的山峰居然让人大失所望。但是，眼前窗外这令人生畏的壮丽奇观却完全不同，它不屑于装腔作势只为惹人钦佩和赞美，那傲然绝世的冰崖峭壁有一种天然去雕饰的神圣美，不容人产生半分亵渎之意。康威思索了半晌，在脑子里勾勒出地图，根据估算的时间和速度计算一下距离。接着，他意识到马林森也醒了，于是碰了碰这个年轻人的胳膊。

第二章

康威让大家睡到了自然醒，望着眼前的一切，他们都禁不住大呼小叫地喟叹造物主的神奇，而康威依旧对此展现了自己波澜不惊的态度，这是典型的康威式做事风格。然而后来，当巴纳德追问他的意见时，他也像大学教授那样秉持着一种超然客观的态度，侃侃而谈地阐述自己的观点。他认为他们很有可能仍然停留在印度境内，他们已经向东连续飞行了几个小时，因为飞机航行的层面过高导致什么都看不见，只能大概判断出飞机是沿着某一条东西向延展的河谷飞行的。

"如果我没记错的话，我印象中那条峡谷的上游恰巧应该是印度河。它能把我们带到世界上最绮丽壮观的盛景之地，正如你们眼前所见，的确名不虚传。"

"那就是说，你知道我们现在在哪里，对吧？"巴纳德打断他的话。

"呃，我并不知道——我之前从来没有到过这附近的任何地方，如果那座山就是传说中的南迦帕尔巴特山，我就不觉得意外了，就是那座让英国登山家马默里失事的山峰。从它大致的地势形态和地貌特征来看，应该与我听说的那座是一致的。"

"你本身就是一个登山运动员吗？"

"我年轻的时候很热衷于这项运动。不过也就是爬爬瑞士一般高度的山峰而已。"

马林森焦灸地插嘴道："现在的重点应该放在讨论我们将要被带去哪里。我的天啊，谁能告诉我，这一切究竟是为了什么？"

"嗯，依我看，我们似乎正在朝着那边的山脉飞行，"巴纳德分析道，"康威，你觉得呢？请原谅我直呼你的大名，既然我们已经成了一条线上的蚂蚱，要一起去面对未知的险境，再拘泥于那些虚礼就有些做作了。"

康威觉得这本来就是理所当然的事情，名字不就是用来被叫的嘛，他觉得巴纳德完全没有必要把这些琐事小题大做上升到一个需要致歉的层面上来。"噢，当然可以，"他深表赞同并补充道，"我觉得那一定是喀喇昆仑山脉。如果我们那位仁兄想要穿越它，还有好几道险峻的关隘等着我们的。"

"我们的仁兄？"马林森愤怒地惊叫道，"我没理解错的话，你是在说我们前面的那个疯子吗？我认为是时候放弃绑架这种猜想了。现在我们早已越过边疆地区不知多远了，这地方人迹罕至连个部落都没有。我目前能想到的唯一能说得通的解释，就是这个家伙是一个极端的精神病患者。他要不是个疯子，哪个正常人会跑到这鸟不拉屎的鬼地方来？"

"我只知道要不是顶级优秀的飞行员根本就做不到这一点，"巴纳德反驳道，"虽然我不太擅长地理这门学科，但是我多少也知道这是被认定为世界上最高的山峰，如果是真的，那穿越它们这个过程本身就是可遇而不可求的，堪称世界一流水平的华丽表演。"

"这也是上帝的旨意。"没想到布林克洛小姐也补充了一句。

康威没有发表任何意见。说是上帝的旨意也好,说是那位仁兄精神错乱也罢——只要你想为眼前的经历找一个足以说服自己的理由,总有一条可以满足你。又或者还有另外一种组合可供选择(想这事儿的时候,他正在思量舱内小团体井然的氛围,与窗外峥嵘嶙峋的自然景观形成了鲜明的对照),那位仁兄的意愿和上帝的疯狂。只要你确定下来比较青睐的一种说法,一定包你满意。当他正一面凝视窗户,一面思索的时候,一种诡异的巨变正在悄然发生。整座山脉的光线蜕变成了浅蓝色,而地势相对较低的斜坡则变成了紫罗兰色。康威一改往日里的冷漠超然,有一种异样的情绪油然而生——并不怎么激动,也谈不上恐慌,只是有一种翘首以待的期盼,他说道:"你说得太对了,巴纳德,这件事情变得越来越蹊跷了。"

"不管蹊跷与否,我都不觉得有公然致谢的必要,"马林森坚持己见,"没有人征求过我们的意见,就强行将我们带走了。天知道那是哪儿,我们到了那儿究竟还会面临怎样的险境。而且我也不认同那个观点,就因为这个家伙踩了狗屎运是个技术高超的飞行员,但这并不能抹杀他对我们施加的暴行。退一万步说,即便他的技艺过人,他也只能称为一个天才疯子,仅此而已。我曾经听说过有一个飞行员就是在空中飞行的时候癫狂了。这个家伙一定是起飞的时候就已经疯了。康威,我就是这么看的。"

康威沉默了。马林森不断地大喊大叫甚至盖过了飞机的轰鸣,他感到很厌烦,毕竟,这原本就吵不出个所以然来。但是鉴于马林森仍旧固执己见,他劝道:"你应该清楚一点,这是一个逻辑清晰的疯子。不要忘了为了给飞机补给汽油的那次着陆,况且这也是唯一一架能够攀爬至如此高度的飞机。"

"那也不能证明他不是个疯子。可能他已经疯到什么事都做得出来了。"

"对，你说得没错，确实有这种可能。"

"既然如此，我们必须拿出个行动方案来。当我们抵达目的地着陆后，我们准备怎么做。我设想了一下，冲向前去向他道贺，竖起大拇指夸他真是个了不起的飞行员，这个主意不错吧。"

"恕我无法苟同你的恶趣味，"巴纳德回答道，"要去你自己去，你一个人就能冲出一支队伍的气势，我们可不去。"

鉴于那个美国人总是讲各种不合时宜的冷笑话，看起来好像无论什么形势都一副尽在掌控之中的模样，康威更不想继续争论下去了。他已经意识到这个小团队的成员良莠不齐，遇到他们真不是一件幸事。只不过马林森脾气暴躁，总是止不住地抱怨，多多少少可能受了海拔高度的影响。稀薄的空气对人们产生的影响各不相同。比如康威，他的连锁反应主要表现是头脑更加澄明，而身体上的反应并不大，没有感到任何不适。可实际上，由于清澈的冷空气里含氧量低，他的呼吸开始窒碍。整件事情的态势糟糕透顶，但是他此时并没有多余的精力去进行抵抗，整个事件扑朔迷离，透着诡异，真是越来越有意思了。

不过这也在康威的心底留下了不可磨灭的印象，当他凝视着窗外瑰丽恢宏的山峦，一种快慰油然而生，在地球上仍然存有这样的地方，遥远的、与世隔绝的、还没有被人类的文明教化所侵占的角落。喀喇昆仑山脉的冰墙壁垒在北方苍穹的映衬下美不胜收，光线渐渐变成灰褐色，越发的冷酷清冽；山巅折射出凛冽的寒光；极致的庄严雄伟，它们虽然籍籍无名却保有了无上的神圣。跟举世闻名的巨峰相比，它们虽然矮了近千英尺,对想打破纪录的探险者而言,缺乏征服的动力,却因此幸免于被探险队搅扰。

康威与这类人恰恰相反,他比较欣赏西方极致的完美主义中存在的缺憾美。"追求极致的高远"在他看来是不理智的,他更倾向于比"追求更高"要中庸一些的东西。实际上,他不喜欢好高骛远,也十分厌恶唯利是图。

此时他仍旧凝视着窗外的美景,暮色降临,浓郁而柔和的幽黑像染料泼墨一样自下而上徐徐蔓延浸染开来,拉伸出层层的纵深感。整座山脉越来越迫近,呈现一派高洁的华贵尊容;一轮满月冉冉升起,好像天宫里负责点燃天灯的灯神依次点亮了每一座山峰,一直延展至深蓝色天际的地平线处。空气越发寒冷,风云骤起,使得飞机不住地颠簸摇摆,又一重新增的痛苦严重打击了乘客们的精气神,大家本以为黄昏后飞机便不能再继续飞行,现在看来,最后的希望只能指望燃油耗尽了。无论怎样,它必然不会坚持太久。马林森又开始讨论这个问题了,而康威却不想再继续,因为他是真的不知道,不过他还是给出了他的大致判断,飞机能够飞行的极限大概是一千英里,现在走到这里估摸着也消耗得差不多了。

"事到如今,他究竟要把我们弄到哪里去呢?"年轻的小伙子悲悲戚戚地问道。

"这就不好说了,但估计应该是中国西藏的某个地方。如果这里真的是喀喇昆仑山脉的话,再往前走就是西藏了。顺便介绍一下,其中有一座山峰,一定是K2峰(乔戈里峰),它通常被认为是世界第二高峰。"

"就是排名仅次于珠穆朗玛峰的那个,"巴纳德喟叹道,"呦!这么说还真算个风景名胜。"

"从一个登山者的角度来看，这座山峰的攀登难度远高于珠穆朗玛峰。阿布鲁齐公爵就曾放弃挑战这座山峰，认为它是绝对无法征服的。"

"噢，我的天啊！"马林森不耐烦地嘟哝道。巴纳德反而笑了："我觉得你就是这次旅行的官方导游，康威，如果我现在能喝上一口法国干邑白兰地，哪怕就一口，我才不在乎这是西藏还是田纳西州呢。"

"但问题是我们现在要怎么办？"马林森再次将话题拉了回来，敦促道，"我们为什么要到这里来？整个事件的真实目的究竟是什么？我真是无法理解你们怎么还能拿这个说笑。"

"那又怎么样，难道大家大吵大闹就好看吗？小伙子。况且，如果这个男人真的如你所说就是个疯子，那探究那些还有什么意义呢？"

"他肯定就是个疯子。除此之外，我想不到任何理由能够解释眼前的一切，康威，你能吗？"

康威摇摇头。

布林克洛小姐好像幕间休息一样，转过头来："虽然你们没有征询我的意见，但我还是要说上两句，"她开始用尖锐的声音谦逊地说道，"我想说我倾向于马林森先生的说法。我很确信，这位可怜的男人脑子真的不太正常。当然了，我指的是那位飞行员。如果他不是个疯子，还真找不出任何借口来。"她接着补充，盖过喧嚣喊出了自己的心声："你们知道吗？这是我第一次坐飞机！生平第一次！之前无论如何都不会让我破例，即便我的一个朋友尽了她最大的努力也没能劝服我从伦敦飞到巴黎。"

"不过现在你已经从印度飞往中国西藏了，"巴纳德说道，"有时候人生就是这样,总是事与愿违。"

她继续道:"我曾经认识一位去过西藏的传教士。他说西藏人是很神奇的异类,他们坚信我们都是猴子衍变而来的。"

"他们可真够聪明的。"

"噢,亲爱的,不止于此,我不是说现代文明时期。他们数百年前就有这种认知了,这只是他们众多迷信说法当中的一个而已。当然我本人对他们所有的迷信观念都是不赞同的,而且我认为达尔文的进化论比西藏人的迷信还要荒唐。我坚定不渝地信仰《圣经》的立场。"

"如果我猜得没错,你是一位原教旨主义者?"

但是布林克洛小姐显然没有听懂这个术语。"我过去从属于L.M.S.,"她尖声道,"但是我并不赞同他们给新生儿洗礼的做法。"

过了好久,康威才反应过来那几个首写字母是伦敦传教会的意思,他觉得她说话很有意思。他仍能忆起在尤斯顿车站那次由于秉持的神学观点不同而引发的纠纷,他开始觉得布林克洛小姐身上似乎有某种吸引人的特质。他甚至有了异样的心思,在这样寒冷的夜晚,他是否应该从自己身上脱下一件衣服给她御寒,思来想去,他觉得她的体格可能比自己还要强,便就此作罢。他蜷缩成一团,闭上双眼,很快便安宁地进入了梦乡。

飞机仍在飞行。

突然他们都被飞机不受控制地向一侧大幅度地倾斜所惊醒,康威的头撞上了舷窗,眩晕了片刻,接着飞机又猛地向另外一侧翻去,让他在两排座椅间无助地来回挣扎。空气越发地冷了。康威醒来后便本能地看了一眼手表,表上显示的时间是凌晨一点半,他一定是睡了有些时候了。他的耳边充斥着巨大的机翼震颤的噪声,这一度让他觉得是幻觉，直至他意识到飞机已经关闭了引擎，正在逆风滑翔。他立即看向窗外，虽然只是影影绰绰的一片灰色，但是能看见大地了，下面的景色飞速掠过，那就意味着离地面很近了。"他打算着陆了！"马林森大叫道。此时已经被抛出座椅外的巴纳德还不忘阴郁地回应道："那也得他踩了狗屎运活得下来才行。"布林克洛小姐在整个暴乱骚动中受到的波及似乎最小，正在冷静地整理她的帽子，好似眼前即将抵达的是英国多佛港。

什么也阻挡不了飞机即将着陆这个事实，不过这是有史以来最糟糕的一次着陆——"噢，我的天哪！真是糟透了，见了鬼了！"马林森一边咒骂，另一边死死地抓牢座椅，经过了大约十秒钟的撞击和摇摆。只听"砰"的一声炸响，应该是一只轮胎炸裂了。"这下可玩儿完了，小命都要交待在这里了，"他用颤抖仓皇的声音绝望地说道，"尾橇坏掉了，我们肯定要被困在这里，走不掉了。"

康威向来在危急时刻绝不多说一句废话，他活动了一下僵直的双腿，伸手摸了摸头上刚刚撞到玻璃的地方，只是起了个包，没什么大碍。他必须得做一些事情来帮助这些人。然而当飞机停止不动的时候，他却是四个人当中最后一个站起来的。"当心！"当马林森猛地拉开机舱门准备跳到地面上的时候，他大声提醒道。大家陷入了短暂的沉默，气氛诡异地凝滞起来，只听小伙子回道："不用当心——这里看起来像是世界的尽头——连个鬼影子都没有。"

不过片刻的工夫，大家就被冻得直打哆嗦，他们都意识到小伙子说的没错。耳畔除了极端恶劣、肆虐的狂风和自己发出的嘎吱嘎吱的脚步声，其他什么声音都没有，在恶劣的大自然中他们是如此渺小，无能为力到只能引颈就戮，任人宰割，大地和空气仿佛都陷入了死寂，一股绝望的沮丧漫上来,令人感到窒息。月亮被云层遮住,点点星光照亮了狂风肆虐的旷野。不需要多加思索,一个但凡有点儿常识的人,都能感觉到这片荒凉的世界地势极高,在此基础上拔地而起的群山更是一山更比一山高。群山连绵起伏像一排排犬牙闪烁着微光,延伸至遥远的地平线处。

马林森兴奋极了,匆匆向驾驶舱走去:"咱们现在着陆了,我才不怕那个家伙呢,管他是谁,"他大叫道,"我要逮住他给他点儿颜色瞧瞧……"

其他人都担忧地望着他,被他这种出人意料的激烈举动给惊呆了,谁都没有反应过来。康威跳出机舱追过来,却没来得及阻止他冒失的行为。没想到不过片刻,这个年轻人再次跳了下来,握紧康威的胳膊,用嘶哑却还算镇定的声音断断续续地低语道:"我说,康威,这太不科学了……我觉得这家伙可能病了,或者死了,或者怎么了……我一句话都没问出来。你上去看看……至少我把他的左轮手枪拿过来了。"

"还是把枪给我吧。"康威说,尽管他的头部刚刚受到撞击还有些眩晕,但他还是打起精神准备行动。康威纵览以往的人生阅历,无论何时何地何种情形,这件苦差事全然是综合条件最恶劣的一次。他机械地挺直了腰板,努力爬到一个能够看见驾驶舱里的情形的位置,里面的形势不太乐观,他只身进了封闭的驾驶舱。舱里有一股呛鼻的汽油味儿,他不敢贸然划火柴,只能大致察觉到飞行员的身子蜷缩成一团向前倾着,头就伏在飞机的操纵装置上。他摇了摇他,解开他的头盔,又把他脖子附近的衣服解开。片刻后,他转身跟大家报告了一下情况:"没错,他的身体确实出了一些状况,我们必须把他弄出去。"但同时,大家察觉到康威的身上也发生了某种变化,好似多了一些什么。

他的声音变得更加锐利果断，丝毫不见以往游离在外的犹豫不定。此时此地，外界的寒冷，他的疲惫不堪全都被置之度外，这是一项不得不去做的事，似乎是与生俱来的一种本能，他成了最核心的关键角色，指挥调度着一切。

在巴纳德和马林森的协助下，飞行员被拖出驾驶舱，置于地上。他只是暂时昏迷而已，不是死了。康威并不了解专业的药理知识，不过，像他这样长期在外生活的人，这种症状还是见过的。

"应该是海拔过高导致的心脏病发作，"他俯身检查了一下这位素未谋面的陌生人，做出了判断，"在这样的条件下我们做不了什么——这里连个避风的地方都没有。最好还是把他抬进机舱内，我们也一起进去。我们根本不知道这是哪里，只能等到天亮再行动，现在离开这里纯粹就是找死。"

所有人都没有异议，即便是马林森也表示赞同。他们把这个男人抬进机舱内，将他直挺挺地放置在座位之间的过道上。舱内并不比外面暖和多少，但是好歹也多了一层屏障来抵御阵阵寒风。距离天亮还有好长一段时间要熬，没想到就是这个不起眼的风，在所有亟待解决的困难中排在首位，成了当务之急，在这样一个凄清的夜晚独自唱了主角。那可不是一般寻常的风，不仅风劲强烈，还凛冽异常，在某种程度上可以说那是三百六十度无死角无差别侵袭肆虐的狂风，就像是地主在自己的领地上肆虐咆哮、碾压一切。狂风将载客的飞机吹得向一侧倾斜过去，又狠狠地刮得它不住地摇摆。康威透过窗子向外瞥了一眼，仿佛那嘶吼的狂风连星光都不愿放过，势必要将其割成点点碎片，使之不断回旋飞舞，直至消散殆尽。

那个奇怪的家伙躺在那里，了无声息，康威克服了微弱的光芒、逼仄的空间,就着几根火柴的微光大致给他做了一下检查。但也看不出什么所以然来。"他的心跳越来越微弱。"他最后说道,布林克洛小姐听罢便开始在她的手包里不断地摸索,惹得大家频频侧目。

"我想这个东西可能对这个可怜的男人有用,"她温和慈爱地递给康威一个小瓶子,"我自己一滴都没有沾过,但是我总是随身携带以防万一。现在这种情况应该算是万中之一的意外了,对吧?"

"应该说确实如此。"康威严肃地回答道。他拧开瓶子,闻了闻,往男人的嘴里喂了一些白兰地,"这正是他现在急需的东西,谢谢。"

过了一会儿,男人的眼皮肉眼可见地动了一动。马林森突然变得歇斯底里起来:"我受够了,"他大喊大叫道,失控地狂笑不止,"我们就跟一群白痴一样划着火柴守着一具死尸……他又不是什么绝世美女,如果真要说是什么,他不过就是个中国人而已。"

"有这个可能,"康威的声音很镇定,也十分严肃,"但他目前还不是一具死尸。如果幸运的话我们也许能让他苏醒过来。"

"幸运?那是他的幸运,可不是我们的。"

"别把话说得那么绝。从现在开始闭嘴,别再发表任何意见。"

马林森身上仍有十足的学生气,虽然他很难控制自己的情绪,却对长者简短强硬的命令下意识地做出了服从的反应。康威尽管内心觉得对他抱有歉意,但更多的是担忧飞行员当前的身体状况,因为他可能是大家唯一的救命稻草,只有他能够解释清楚整件事情的来龙去脉,从而为大家找出一条生路来。康威不想再仅凭推测对问题进行更深入的探讨,这件事他们在路上做得已经够多了。他心里的忐忑已经超过了一直以来的探究和好奇,因为他意识到整件事情已不再是刺激的冒险活动,而变成了危机四伏,考验人性的持久的生死劫。

在这样一个狂风肆虐的夜晚，康威整夜保持着清醒警戒的状态，即使他不想给大家增添任何的恐慌，但是他自己已经做好了最坏的打算。他推测这架飞机已经远离喜马拉雅山脉西部区域——朝着昆仑山一处不知名的高峰前进。这次飞行的旅程，已经把他们带到了世界上海拔最高、最不适宜人类居住的地表区域——青藏高原。这里终年受狂风的肆虐侵袭，甚至连最低的山谷都在海拔两英里之上，那是一片广袤无垠、无人涉足，至今仍是一片荒芜的原始高原地区。说他们现在身处被世界遗弃的蛮荒之地也不为过，陷入如此孤立无援的死地，甚至远不如被放逐到大海中的荒凉孤岛上。

突然，像是专门为了刺激康威逐步攀升的好奇心似的，外面发生了斗转星移的变化，令人叹为观止。原本躲在云层后不肯露出完整的皎洁身姿的月亮，此时犹抱琵琶半遮面地悬挂在了朦胧的高地边缘上空，揭开了黑暗的神秘面纱。康威眼前是一条长长的峡谷的轮廓，在泛着深蓝色幽光的夜空下，看起来好似透着浓郁的伤悲。当他的视线触及山谷的隘口，情不自禁地被其所吸引，隘口处的山峰高耸入云，在月光的照射下闪烁着瑰丽的光芒，呈现的风姿美轮美奂，堪称地球之最。

它是一座完美到极致的锥形雪峰，简单大气的轮廓似乎源自稚童的笔触，难以用俗世的束缚定义其曼妙的形状、高度和距离。它是那么光芒万丈、绚丽多彩，是那么清雅安静、高贵雍容，一度让他怀疑这一切是不是绮丽的镜花水月。就在此时，一缕萦绕在锥体顶峰边缘的轻雾升腾了起来，让画中的仙境有了一丝生气，随后传来的轻微的雪崩声更加证实了这一点。

他产生了一种想要唤醒他人的冲动，想要迫切地跟他们分享眼前这瑰丽壮观的景色，但考虑到会给大家造成更大的心理压力便又作罢了。从常规的视角来看，这算不上什么奇观，如此原始野性的雄浑壮美也只是更加突出了它与世隔绝、步步危机的事实。很有可能，距离此处最近的人类聚居地也得在数百英里之外。现如今他们没有食物充饥，手边除了一把左轮手枪什么武器都没有，飞机已经损毁，即便有人知道如何驾驶也无济于事，因为燃油已经耗尽。他们没有足够保暖的厚实衣物抵御可怖的寒冷和狂风；马林森的驾驶服和他自己的阿尔斯特大衣都不顶用，布林克洛小姐即便裹着羊毛围巾，打扮成一副基地探险队的模样（第一次看见她那身装扮的时候，感觉特别的滑稽可笑），也不会感到很适宜。

除了他，大家多多少少都有了高原反应。即便是巴纳德也在精神和身体的双重压力下开始意志消沉，情绪低落。事实摆在眼前，如果这些境况继续下去始终无法得到解决，后果将不堪设想。面对重重苦难、前途未卜的情况，康威发现自己禁不住将钦佩的目光投向了布林克洛小姐。他认为她绝非池中之物，从没有一个教授阿富汗人唱圣歌的女人能够得到如此高的评价。在每一个灾难来临之际，她都表现得不同凡响，对此他深表感激。

"我希望你的感受没有特别糟糕。"当他与她的目光不期而遇，他由衷地怜惜道。

"战争期间，战士们所忍受的痛苦比这更甚。"她回应道。

这种类比似乎并没有引起康威的共鸣，实际上，他在战壕里从来没有度过一个如此难熬的夜晚，毫无疑问，很多人都经历过。他将精力集中在飞行员身上，此时，飞行员的呼吸断断续续的，身体偶尔抽动一下。马林森的推测很可能是正确的，他是一个中国人。他有着典型的蒙古人的鼻子和颧骨，尽管他成功地模仿了一位英国的空军上尉。马林森说他丑，但是康威曾经在中国生活过，他觉得这个人属于样貌尚可那一类的，只不过在火柴微弱的光芒下，他苍白的皮肤和因努力呼吸而张大的嘴不那么优雅美观。

　　长夜漫漫，时间仿佛戴上了沉重的枷锁，每一分钟的脚步都必须靠外力推动方能前进一步。过了一会儿，月光渐渐暗了下去，远处山峦的魅影也随之消散。接着，黑暗、寒冷、狂风三个恶魔一起组团肆虐直至黎明时分。像是得到了指令般，狂风渐渐止息，大发慈悲地归还给世界片刻的宁静。皎白的三角锥形峰再次显露出峥嵘的身姿，起初是灰白色的，接着渐变成银色，随着初升的朝阳冉冉升起，普照至峰顶，折射出一片粉色的霞光。幽暗渐渐退去，山谷也露出了真容，谷底遍布一层岩石，凌乱的鹅卵石散布于斜坡之上。那不是一幅岁月静好的画卷，但由于康威是俯瞰的视角，却能奇异地体味到一种难以言表的精致之感，虽然着实与浪漫沾不上边，却别有一番冷峻凛冽、堪称理性的品质特性。远处的金字塔迫使你的意识接受它的审美，就像你接受欧几里得定理一样平静无波，太阳终于升至当空，漫天都是美丽的翠雀蓝色，他才觉得胸口的浊气再次得到了一丝舒缓。

　　天气逐渐变暖，其他人也陆续醒来，他提议将飞行员移到外面有暖阳照射、地势开阔、空气干爽的地方去，那将有助于他的苏醒。大家二话不说，合力将飞行员抬了出来，开始了第二轮的守护工作，与之前相比，大家现在的心情要好得多。那个男人终于睁开了双眼，开始抽搐地说着什么。他的四名乘客都俯下身仔细地聆听着，可除了康威其他人均是一头雾水，什么都听不懂，康威偶尔应答着勉强交流了几句。过了一会儿，这个男人的气息越来越弱，说话也越来越困难，最终没能挺住，还是咽了气。彼时已是上午十点左右。

康威转向他的同伴们说道："很遗憾，他告诉我的信息实在是太少了，我的意思是，跟我们想要了解的事情真相比起来，还远远不够。只是知晓我们现在位于中国西藏境内，显然这个我们已经猜到了。他并没有解释清楚带我们到这里来的原因，但是他似乎对我们所在的位置很了解。他说的这种汉语我听不太懂，但是我大概能猜得到他在说这附近有一个喇嘛寺之类的地方，只要沿着这个山谷向前走，我们就能在那儿找到食物和避难所。他把那个地方叫作香格里拉。'拉'在藏语中表示的是隘口的意思。他一再强调我们应该到那里去。"

"完全没有任何道理，凭什么他让我们去，我们就得乖乖听从，"马林森不服气地说，"何况，他的脑子还是精神错乱的，难道我说的不对吗？"

"你说的这些我很清楚。但我们不去那个地方，还能去哪里呢？"

"哪里都行啊，只要你喜欢，我无所谓。我能确信的一点就是这个香格里拉，如若真的在他所指的那个方向，肯定是更接近蛮荒原始的地方，距离文明世界好几英里远。如若是缩短与文明世界的距离，我倒是乐见其成，可若是延长嘛，呵，我活着可不是为了去蛮荒之地遭罪的。这个该死的男人！老兄，你不打算让我们回去了吗？"

康威耐心地解释道："马林森，我觉得你可能是对我们所处的环境了解得不够透彻。我们现在所处的地方可以说是一个与世隔绝、鲜为人知的蛮荒地带，即便是一个装备齐全的探险队也会感到处处危机、寸步难行，一不小心便能让人丢了性命。你可以想象一下，方圆数百里尽皆是此种形势，如果是一时冲动突发奇想，妄图凭借脚力走回白沙瓦，那绝对是异想天开。"

"我不认为我能做到。"布林克洛小姐严肃地说道。

巴纳德也点头表示同意:"如果喇嘛寺真的近在咫尺,那我们可就走狗屎运了。"

"这个谁也说不准,也许真的会走运呢,"康威赞同道,"毕竟,我们没有食物,而且你们自己也亲眼见识到了,这里根本不宜于人类生存。几个小时后,我们都会陷入极度饥饿的状态。接下来,如果今晚我们仍然滞留在此处,就不得不再次面对这里的狂风和严寒。那绝非我们希望看到的。要我说,我们唯一的机会就是找到其他人类,可是除了他方才告诉我们的地方,我们还能去哪儿找呢?"

"倘若那里是一个陷阱呢?"马林森还是不死心地提出了自己的担忧,没等康威答话,巴纳德便接过了话头给了一个风趣乐观的回答:"那陷阱万一是个漂亮的安乐窝呢,里面要是还有一块奶酪,对我来说一切就更加完美了。"

他们都笑了起来,除了马林森,只有他看起来是忐忑不安、心乱如麻的。最终,还是康威继续总结道:"我是不是可以姑且认为我们达成了一致?沿着这条山谷有一条清晰可辨的路,它看着不是那么陡峭,尽管如此,我们也要小心翼翼地前行。不管怎么说,我们待在这里也无济于事。我们没有炸药,甚至连这个人都无法安葬。况且,那个喇嘛寺的人说不定能够为我们提供脚夫助我们返程呢。我们确实需要他们的帮助。我建议我们最好现在就启程,这样的话,一旦我们到傍晚仍旧找不到那个地方,我们还有时间能够返回到此处,在机舱里再凑合一夜。"

"要是我们真的找到了那个地方呢?"马林森仍旧锲而不舍地询问道,"我们能够保证自己不被干掉吗?"

"无法保证。但我认为概率不大,相比在这里等着饿死、冻死,还是值得冒险一试的。"康威感觉到自己的说话方式可能过于冰冷,不太适合眼下这种低压的氛围,连忙补救,"事实上,佛教明令禁止杀生,所以在佛教的寺庙中被杀掉是最不可能发生的事情。就算会在英国的大教堂里被杀害,也不太可能在这里被取走性命。"

"就好比坎特伯雷大教堂圣徒托马斯谋杀案。"布林克洛小姐说道,拼命地点头以示赞同。康威想要表达的重点完全被布林克洛小姐带歪了。马林森耸了耸肩,心里窝着火,颓丧地说道:"好吧,既然如此,我们就出发去香格里拉吧。不管它在哪里,是什么样子,但我还是希望它不要在那座山的半山腰上。"

这番话让大家的目光瞬间集中到了山谷道路的尽头,那座泛着银光的锥体雪峰,在明媚的阳光照射下,全然一派壮丽宏伟的气势。接着,他们的目光陡然一怔,目不转睛地盯着远方,因为他们看到有一群人正沿着斜坡朝他们所在的方向走来。"上帝保佑!"布林克洛小姐喃喃低语道。

第三章

  康威骨子里总是有一种冷眼旁观的特性,偶尔也会有积极主动的个性出现。就在方才等待那些陌生人向这边走来的时候,他没有大惊小怪,甚至下意识地拒绝思考如果遇到某种情形该如何应对,比如什么可以做,什么不可以做。可这并不是所谓的勇敢、冷静、沉着,抑或是心血来潮,妄图凭借一己之力力挽狂澜的极度自信。若是以消极的观点来看待,那就是一种懒性,不愿意在事情发生的时候扰了自己作为看客的兴致。
  远处隐约可见的人影沿着山谷蜿蜒而下,渐渐便能数得清了,他们有十多个人,抬着一顶遮了罩篷的步辇。过了一会儿,走得近了些,隐约看见步辇上坐着一位身穿蓝色长袍的人。康威无法想象他们这队人要去哪里,但不可否认就像布林克洛小姐说的那样,来得那叫一个机缘巧合,这样一队人,不早来一步,也不晚来一步,恰好在他们濒临绝境的时候路过这里。
  鉴于他知晓东方人比较重视见面时的礼仪,一看见那些人他便离开几个同伴率先一步向前走去,整个过程从容不迫,有如行云流水,离得老远便开始跟他们打招呼。离得近了,他便在几码之外止住了脚步,彬彬有礼地躬身致意。让康威大吃一惊的是那个穿着长袍的人踱步下了步辇,仪态高贵从容,朝他走来,并向他伸出了手。康威连忙伸手还礼,定睛一瞧,发现对方居然是一位上了年纪的中国人,一头灰白色的头发,胡子打理得十分整洁,身着一件丝绸刺绣长袍,衬得整个人羸弱苍白。与此同时,他也在打量着康威。接着,他操着一口纯正标准的英语,每一个词语的发音和运用都让人觉得实在太过精确,他说道:"我来自香格里拉的喇嘛寺。"

康威再次躬身致敬,略作停顿后便开始简略地解释了一下他和他的同伴们遭遇了怎样的惊险奇遇方才来到了这处人迹罕至的地方。说到最后,这位中国人摆手示意康威,自己已知晓此事。"此事的确堪称百年难闻的奇遇。"他一边说一边若有所思地凝视着那架损毁的飞机,转而说道,"鄙人姓张,不知你是否愿意为我介绍一下你的朋友们?"

康威的脸上努力维持着温文尔雅的微笑。他被刚才发生的一系列事情镇住了,一位中国人操着一口纯正的英语,在西藏这个蛮荒之地突然出现,却又遵守着邦德街①的社交礼仪,实在太过匪夷所思。康威的同伴们直到此时方才追赶上来,对这场诡异的邂逅,脸上透露出不同程度上的惊愕,康威转向他们,开始一一介绍。

"这位是布林克洛小姐……这位是巴纳德先生,他是美国人……这位是马林森先生……我的名字是康威。见到您我们都很高兴,尽管这次邂逅实际上就跟我们来到这里一样令人感到不可思议。不瞒您说,我们正琢磨着要去您的喇嘛寺,如此说来,我们还真是有缘。如

---

① 邦德街:伦敦市中心的一条街。

果可以,您能否为我们行个方便,给我们指点一下迷津,告知我们路线——"

"无须如此多礼。我很高兴能成为你们的向导。"

"但是我不想给您添麻烦。实在是特别感谢您,如果路途不是太远的话……"

"路不远,不过不好走就是了。能够陪同护送你和你的朋友们我深感荣幸。"

"但这……实在是过意不去。"

"我是一定要尽地主之谊的。"

康威觉得,他们此时此刻正处于危险之中,再过谦让客套就显得十分滑稽可笑了。"好吧,"他不再坚持,妥协道,"那我们就却之不恭了,实在是不胜感激。"

马林森对他们这套乏味的老古板做派非常瞧不上眼,他阴沉着脸,耐着性子,好不容易等他们寒暄完毕,忙不迭地插话,语气中难掩尖酸刻薄。"我们不会叨扰很久的,"他直截了当地声明道,"吃的住的,但凡是我们使用的东西,我们都会付钱的,我们还需要雇用你们这里的人帮助我们返程。我们只想尽快回到文明世界。"

"你确定你现在已经远离文明世界了吗?"

这种平静睿智带着包容慈爱的询问,反而刺激得年轻人更加心烦气躁:"我非常确定我已经远离了自己心里想去的地方,我们大家都这样。如果能够有临时的栖身之处,我们当然非常感激,如果你能为我们提供返程的办法,那我们将更加感激涕零。你估计,我们从这儿回到印度大概需要多长时间?"

"这我真的没法说。"

"好吧，没关系，我希望我们的回程不会遇到什么意外。在雇用当地脚夫这方面我还是颇有经验的，我们也希望你能够发挥你的影响力助我们达成这个公平合理的交易。"

康威觉得完全没有必要这么尖刻、犀利地说话，他刚想介入缓解一下尴尬的局面，没想到对方仍旧秉持着高贵端庄的态度先一步给出了回应："我只能向你保证，马林森先生，在这里你将得到最体面的招待，最终你会觉得不虚此行。"

"最终？"马林森大叫道，瞬间便抓住了关键字眼儿想就此抨击对方，可就在此时，身边的这群身穿羊皮大衣、头戴裘皮帽、脚踏牦牛皮靴、身材壮硕的西藏人打开了随身的行囊，拿出了酒品和水果，于是马林森还未出口的咄咄逼人的话语便胎死腹中了，他对食物的狂热渴求避免了一场尴尬。酒味醇美，很像德国莱茵区产的极品干白葡萄酒，而水果里居然还有杧果，对一天一夜都没有进食的人来说，刚好熟透的果子简直就是人间美味。马林森吃得津津有味，喝得心无旁骛。康威暂时松了一口气，从方才的忧虑中解脱出来，对以后的事情不想太过费神。他只是感到诧异，想知道海拔这么高的地方是如何培植出杧果这种热带水果的。他对山谷那边的那座高山产生了兴趣，无论用什么标准去衡量，它都不失为一座奇妙、神秘的山峰，令他感到惊奇的是，从来没有旅行家在西藏游记这类书里提及过此处。他凝视着远方，思绪随着隘口和峡谷蜿蜒的曲线一路攀缘而上，直到马林森大喊他的名字，他才让飘远的思绪回笼。他定了定神环顾四周，发现那位中国老者正在目光灼灼地看着他。

"康威先生，你刚才是在凝望那座山吗？"老者询问道。

"是的，无疑，这是一幅瑰丽的风景画卷。我猜它一定有自己的名字吧？"

"它的名字叫卡拉卡尔。"

"我想我之前从未听说过它，它的海拔很高吧？"

"两万八千多英尺高。"

"此话当真？我不知道除了喜马拉雅山，竟还有如此规模的山峰。它是经过精确勘测的吗？是谁主持测量的呢？"

"你希望由谁来测量呢，亲爱的先生？难道寺庙喇嘛测量的方法与三角法则有不一致的地方吗？"

康威略微琢磨了一下这句话，回答道："哦，没有……当然没有。"他礼貌地笑了笑，揭过了这一话题。但心里却觉得，尽管这个冷笑话有些蹩脚，但也许真值得调侃一番也说不定。说完众人便启程赶往香格里拉。

整个上午大家都在不断向上攀爬，虽然步速并不快，坡度也不是很陡峭，但是在这样的海拔高度进行攀爬，体力消耗得还是相当大的，哪里还有余力去聊天。那位中国人舒适地坐在步辇上，享受着帝王般的待遇，可队伍里毕竟还有布林克洛小姐这样的女士在，实在是显得有失绅士风度。跟其他人相比，稀薄的空气对康威的影响比较小，他费尽心力去倾听轿夫之间偶尔交流的只言片语。他不精通藏语，只能从收集来的碎片化信息中猜测出这些人对即将回到喇嘛寺这件事很高兴。他很想继续跟他们的首领交谈，可惜做不到，自从上次交谈后，那人便闭上了双眼，脸半掩在轿帘子后面，似乎有随时补眠、休息的习惯。

此时，阳光暖洋洋的，饥渴的问题虽然没有完全得到解决，但多多少少有所缓解。空气清新得仿佛来自另外一个星球，每一次呼吸都越发让人觉得弥足珍贵。他们不得不有意识地、不疾不徐地进行呼吸吐纳,一开始可能找不到规律和方法,让人觉得很不舒服,但是过了一段时间,便会不由自主地爱上这种心神合一、平和宁静的感觉。整个躯体被呼吸、动作、意识三者形成的有机整体以独特的节奏共同支配着。肺部也不再是无意识的独立个体,而是训练有素地与意识和四肢紧密结合。

一种只可意会不可言传的玄妙之气游走于四肢百骸,康威虽然内心疑窦丛生,感到不可思议,可他发现他并不讨厌这种玄妙的感觉。途中有一两次他还跟马林森讲了几句俏皮话,可是年轻的小伙子正在步履维艰地努力向上攀爬,根本顾不上听他的笑话。巴纳德也累得呼哧呼哧直喘气,而布林克洛小姐则忙于跟自己糟糕的肺部作斗争,但是出于某种想法,她努力遮掩自己的状况。

"我们快要到达峰顶了。"康威给同伴们加油鼓劲儿。

"我曾经追过一回火车,就是这种感觉。"布林克洛回应道。

也是,康威自我反思道,有些人会把苹果汁看作香槟酒。只不过是兴趣爱好不同罢了。

他惊奇地发现除了有些困惑不解,他竟然并不担忧,甚至一点儿都没有考虑自己的荣辱得失。人的一生当中总会有这样的时刻吧,一个人愿意同时敞开自己心扉和神魂,就像午夜的娱乐活动虽然格外昂贵,但如果同时被证明足够出乎意料且新奇迷人,你愿意毫不吝啬地敞开自己的钱包一样。康威在那个看见卡拉卡尔几欲窒息的清晨,就这样心甘情愿、无比宽慰地坦然接受了这场新奇的体验。在亚洲不同的地方辗转工作了十年之久,他已经练就了一双火眼金睛,对所到之处和即将发生之事基本能够猜个八九不离十,但这次,他不得不承认处处透着不同寻常的迹象。

沿山谷走了几英里后，山坡变得越来越陡峭，此时，太阳已经躲到了云层后面，天气转阴，一团团银色的雾霭遮住了视线。来自雪山之上的雷鸣声和雪崩的轰隆声响彻山间，回荡在耳畔，空气变得越发寒冷。接着，山区中陡然发生的变化让温度骤降，阴冷至极。一阵狂风裹挟着冻雨毫不留情地兜头浇下，整支队伍的人都湿透了，天气给人们带来的困苦实在难以估量。即便是康威也有片刻的恍然，似乎已经累到了极限，无法再继续向前行进。但还没等他缓过神来，队伍似乎就抵达了山脊的顶峰，轿夫们停了下来，重新调整了一下担子的角度。巴纳德和马林森两个人狼狈不堪，跌跌撞撞地缀在队尾，但是很显然，藏民们急切地想要继续赶路，并且冲他们做出手势，表示接下来的行程不会那么折磨人了。

得到这些保证之后，还没来得及松口气，几个人便看到藏民们解开了背上的绳索，顿时大失所望。

"他们是打算吊死我们吗？"巴纳德故意夸张地惊叫道，但是向导们很快便表明他们并没有恶意，只是出于安全考虑，用登山攀岩常用的方式，把大家用绳子串在一块。当他们发现康威十分精通绑绳索的技巧时，对康威更加尊敬了，于是，让他按照他的想法来指挥整支队伍。康威让马林森挨着自己，队伍前后两头安排了藏民，并让巴纳德、布林克洛小姐和大多数藏民走在队伍相对靠后的位置。他很快便意识到，这些人在他们的首领继续保持睡眠期间，很愿意让他暂代领导权。一种熟悉的运筹帷幄的权力欲在康威心中渐渐苏醒，万一遇到困难与危险，他将付出自己能给予的全部东西——信心和统率能力。在他体力最佳时期，他曾是一流的登山运动员，而今的状况亦毋庸置疑，仍旧不逊当年。

"你得好好照看一下巴纳德。"他跟布林克洛小姐半是打趣半是认真地叮嘱道。她虽然心中有些怯意却依旧嘴硬道:"我会尽力的,但是你也知道,我之前从未被绳子绑过。"

在接下来的路程中偶有惊险,但比预期的要好得多,之前肺部炸裂的感觉也有所缓解。这条路是沿着岩壁的侧面劈凿而成的,岩壁高耸,上方笼罩着朦胧的雾霭,让人看不清周边是什么。然而康威却对高峰峡谷有着敏锐的洞察力,他觉得另外一侧被雾霭遮蔽了视线反而是一件幸运的事情,或许那下面是万丈深渊呢。而这条专门的栈道也不过只有两英尺宽,轿夫们抬坐辇的手法娴熟得像在表演杂技,令他敬佩不已,他不禁为乘坐者捏了一把汗,而上面的人内心也足够强大,竟然能坐得四平八稳且全程睡得酣畅。藏民们都是十分稳妥、值得信赖的人,当山路变宽,坡度变缓,他们似乎就更开心了。接着他们自得其乐地唱了起来,那旋律轻快的原生态曲调让康威瞬间想到,马斯内①创作的管弦乐曲就是根据藏族舞曲的素材改编而成的。

雨停了,天气逐渐变暖。

"这样看来,有一点是确定无疑的,我们仅凭自己是绝对不可能找到去喇嘛寺的路的。"康威故作轻松地调侃道,他觉得无比幸运。但是马林森在康威的感慨里并没有得到些许的安慰,实际上,他差点儿吓破了胆,尽管最惊险的时刻已经过去了,可现在回想起来他仍旧心有余悸。

---

① 马斯内(1842—1912),法国作曲家。作品有《苔依斯》等二十多部歌剧,以及《第一管弦乐组曲》。

"你确定我们没有走错路吗?"他惶恐地反问道。

大家依旧在山路上前行,下山的路更陡峭了,康威居然在某处发现了一些雪绒花,这是此地首次出现代表热情好客的信号,预示着这里的环境已经达到了适宜人类居住的标准。不过当他把这个发现告诉大家时,马林森不仅没有得到安慰,心里反而更加恐慌。

"我的天呐,康威,你是在幻想着你正在阿尔卑斯山上闲逛、踏青吗?我想知道我们究竟造了什么孽,要让我们遭这样的罪?我们到了那儿之后,还要面对什么样的苦难?我们抵达目的地后有什么计划吗?我们要怎么做?"

康威平静地回答道:"如果你经历过我所经历的一切,你就会知晓,人生中有时候最舒服的事就是什么都不做。如果事情避无可避,命运注定它要发生,那就顺其自然好了,一切都是天意。如果把事情往好处想,就像此种际遇,你就当给枯燥的人生增添点儿不同寻常的刺激罢了。"

"你这种想法对我而言太过超凡脱俗了。你在巴斯库尔遇到棘手的难题时,可不是这种心境。"

"当然了,因为那时我有机会凭借自己的力量去改变局势。但现在嘛,至少此时此刻,并没有给我这样的机会。如果你非要给自己找一个为什么我们会在此处的理由,那问题就是答案本身。既来之则安之,一切都是最好的安排。我总是这样宽慰自己。

"我猜你也意识到了,如果我们想按照来路原路返回,那将是一个不可能完成的任务。这一个钟头,我们一直在陡峭的崖壁上蜿蜒前行,我一直在观察着。"

"我也注意到了。"

"真的吗？"马林森激动地咳嗽起来，"我知道我现在这样特别招人烦，但是我控制不了我自己。这里发生的一切都让我疑虑重重，惶恐不安。我觉得我们就是一群待宰的羔羊，人家让我们做什么我们就乖乖听话。他们这是要把我们往绝境上逼！"

"即使他们真的如此，我们也别无选择，只能听之任之，坐以待毙。"

"我知道是这个道理，但这对我来说不管用啊。我恐怕无论如何也达不到你的这种境界，能够坦然地接受现实。我忘不了两天前我们还在巴斯库尔的领事馆内。想一想从那时开始，一切都以不可逆的强硬姿态，带着摧枯拉朽般的气势碾压过来，让人难以抵挡。很抱歉，我紧张过头了。这次经历让我意识到没能亲身体验战争的残酷有多幸运。我猜如果我上了战场绝对会疯魔的。我觉得我身处的这个世界疯狂了。就像现在我跟你说这些话，一定也是因为脑子抽风了。"

康威失笑地摇了摇头。"亲爱的小伙子，没关系的。你只有二十四岁，而且你现在身处两英里半的海拔高度，这会儿，因为那些客观原因无论你做出什么事情都不为过。我认为你已经承受住了常人难以忍受的折磨，你已经做得非常棒了，至少我二十四岁的时候赶不上你。"

"但是你不觉得这一切都来得太疯狂了吗？我们一路被迫飞越高山峻岭，在狂风中绝望地等待，叫天天不应叫地地不灵，然后是飞行员的死，接着就诡异地遇到了这些人，这所有的一切，你回头看看，难道不觉得像噩梦一般令人难以置信吗？"

"当然，确实有这种感觉。"

"那我就纳闷了，你是怎么做到对任何事情都保持淡定的呢？"

"你真的想知道吗？如果你喜欢听，我就跟你讲讲，不过你可能会觉得我这个人玩世不恭。主要是因为一回忆就能想到很多跟眼前一样的噩梦般的经历。这里并不是世界上唯一的疯狂之地,马林森。比方说你一直反复提起的巴斯库尔,你还记得就在不久前,我们还没离开的时候,那些革命分子为了得到自己想要的信息是如何对俘虏进行严刑逼供的吗?一台普通的轧布机就能让人求生不得求死不能,直接让你怀疑人生,而我自认从来没见过比这更可笑也更可怕的事情了。你还记得通讯中断之前,我们接收到的最后一条讯息吗?那是曼彻斯特的一家纺织品公司传来的,来咨询我们是否知晓巴斯库尔地区女士紧身内衣的通商渠道!对你来说,这些够不够疯狂?听我一句劝,来到这里能够发生的最糟糕的事情,不过是换了一种疯狂的形式罢了,哪里都一样,没什么区别。就说这战争吧,如果你已经涉身其中,在里边走上一遭,你就会做出跟我一样的抉择,学着摆出一副麻木不仁的嘴脸来逃避痛苦。"

他们一直交谈着,直到走上一段不长却异常陡峭的上坡路,仅仅几步路就让他们喘不上气来,几乎是之前承受的压力的总和。眼前的地势变得平坦起来,他们走出迷雾,进入一个空气清新、阳光明媚的世界。就在前方不远处,坐落着香格里拉的喇嘛寺。

康威看到它的第一眼便受到了强烈的视觉冲击,心脏怦怦地跳个不停,大脑由于缺氧,恍惚间那种遗世独立的气息似乎弥漫至身体的所有部位。事实上,那绝对称得上是一场玄幻的、令人难以置信的奇景。一群彩色的楼阁依山而建,完全没有莱茵兰城堡那种沉闷、拘谨的感觉,而是相当精美雅致,就像一朵巧夺天工的花瓣嵌入绝壁之上。它是那么的华丽宏伟、秀美高雅。天蓝色中泛着乳白色光泽的穹顶罩在灰色的岩石堡垒之上，一种庄严古朴的气势牵引着康威的目光，其巍峨宏大丝毫不逊于瑞士格林德瓦小镇的维特霍恩山峰。遥遥望去，就像一座绚丽耀眼的金字塔，高耸于卡拉卡尔的雪峰之上。康威觉得，这可能是世界上最险峻的山麓奇景了，他能够想象出崖壁上的岩石所起的支撑作用，定是承受了冰川的巨大压力。终有一天，世界会变成沧海桑田，整个山峦都将崩裂，卡拉卡尔的半壁冰层将壮烈地坠入山谷。他想，这些可怕的冒险情怀可能在某种情绪上堪称一种惬意的刺激。

向下望去是一片迷人的风光，山体的崖壁断层式下降，角度几乎是垂直的，那裂口只能是远古时期一些地动山移式的大变迁方能造就出来的。深远朦胧的崖谷底部，映入眼帘的是一片葱郁的翠绿，那里免受狂风的侵袭，既可以仰视喇嘛寺，又不受其影响。在康威看来这是一处绝妙的疗养度假胜地，不过居住于此的群落一定是完全与世隔绝的，因为周边高耸的山脉完全无法攀越。似乎只有去喇嘛寺这一条路可以通行。康威一路走来一边打量，一边思忖，心里蓦地一紧，一丝担忧涌上来，马林森的疑虑并非全无道理，但这个念头转瞬即逝，很快便融入一种更加强烈的情绪里，有一种冥冥之中终于走到了尽头的感觉，在亦真亦幻的感知里悟到，一切都是不可逆转的定数。

他记不清自己和同伴是如何抵达喇嘛寺的，绳索又是何时解开的，而他们又被以何种礼节引至庭院内。稀薄的空气配上青花瓷蓝的苍穹，有一种如梦似幻的感觉，每一次呼吸，每一次目光之所及，都让他更加沉醉，心神越发宁静，身边人的各种情绪，诸如马林森的惶恐不安，巴纳德的妙语连珠，布林克洛小姐展现出来的女性的坚韧和孤注一掷的决然，都不能影响他分毫。他隐约忆起了自己当时似乎震惊于寺内的宽敞、温暖和整洁,不过他来不及欣赏,就看到那位中国人已经下了他那个有罩盖的步辇,一路领着他们穿过各式各样的厅堂。他此时的态度非常和蔼可亲。

"我很抱歉,"他说道,"一路上都没能将你们照顾周全。但实际上那样的行走超出了我的身体能够承受的范围,我已经自顾不暇了。我相信你们还不至于太累吧?"

"我们还撑得住。"康威回了一个苦笑。

"好极了。那么如果你们愿意的话,我现在就带诸位去你们的房间看看。不用猜就知道,你们一定很想沐浴更衣。我们的住宿条件虽然简陋,但设施还算齐备,基本能够满足你们的需求。"

说到这儿,巴纳德虽然依旧胸闷气短,但还是气喘吁吁地轻笑出声。"好嘛,"他倒吸了一口气,"我不能说我喜欢你们这里的气候——空气似乎在挤压着我的胸——但是你们的窗外,确实是一幅绝妙的美景图。我们需要排队去洗澡吗?还是说这里是一家美国宾馆?"

"我想你会发现这里的一切都会让你感到宾至如归的,巴纳德先生。"

布林克洛小姐也一本正经地点了点头:"但愿如此,真的。"

"稍后,"那位中国人继续道,"如果你们全都乐意赏光与我共进晚餐的话,我将不胜荣幸。"

康威礼貌客气地做了应答。只有马林森面对这些意料之外的、舒适的安排没有做任何表态。跟巴纳德一样,他一直忍受着高原反应的不适。此刻,他努力地深吸了一口气,大声喊道:"稍后,如果你不介意的话,也要谈谈我们离开的事情。我的想法是,越快越好。"

第四章

"正如你们所见,"张说,"我们并没有你们想象的那么野蛮……"

当天晚上,康威沐浴更衣后又享用了晚宴,一通体验下来实在无法否认张说的话。康威十分享受这种身体上绝对舒适放松而精神上却始终保持警惕的状态,似乎对他而言,在人生历经过的所有体验中,唯有这种感受是最真切地贴近于开化文明的。迄今为止,香格里拉所有的陈设都是他喜欢的,甚至比他原本的心理预期还要好。一个西藏寺院拥有一套中央供暖系统,这本身并没有什么值得一提的,因为这个时期拉萨连电话都有了,但是能够把西方的卫浴设施与东方的传统美学完美地融合在一起,这种独一无二的奇特创意在他的内心深处还是造成了不小的震撼。比如,他最新体验的卫浴设施,那精美的翠色陶瓷浴缸极尽舒适奢华,上面的标识显示产自俄亥俄州的阿克伦城。然而令人称道的是当地侍者提供的中国式服务——先清了他的耳道和鼻孔,最后以一块轻薄的丝制纱布敷于他的下眼睑。他想,在同一时刻,他的三位同伴是不是也正享受着同样的待遇。

康威在中国生活了近十年,并不都待在大城市,综合考量多个方面,这十年应该是他人生中最幸福的时光。他喜欢中国人,中国人的相处模式让他有一种宾至如归的感觉。他尤其喜欢中式烹饪,舌尖上留有一种回味无穷的韵味,因而在香格里拉享用的第一餐令他感到格外亲切。他曾有所怀疑,饭菜里面可能含有某种香草或者药物,能够缓解胸闷、呼吸困难的症状,不仅他自己感到疗效甚好,他察觉到同伴们的精神状态亦有所平复。他注意到张除了一小份绿色的蔬菜沙拉什么都没有吃,酒也一口没喝。

"请大家见谅,"他一开餐便解释道,"我的饮食是有严格限制的,我不得不遵守戒律,照顾好自己的身体。诸位请自便。"

这个理由他之前就提过,康威想,他可能被疾病缠身,深受其扰。这次更近距离地看他,康威却发现自己很难猜出对方的年龄,他的长相平平无奇,并没有什么特点,不过他的皮肤肌理水润,整个人似乎给人一种错觉,觉得他要么是一位早衰的年轻人,要么是保养得当的老年人。他绝非那种没有魅力的人,他有着经过岁月沉淀出的谦逊、儒雅的气质,只是太过微妙不易察觉,只有静下心来方能感受得真切。他穿着带有刺绣的蓝色丝袍,袍子下摆照例在两侧开衩,裤腿在脚踝处收紧,全身呈现一片天空般的蓝色。张有一种生硬冷峻的魅力,康威觉得自己跟他很投脾气,但他心里清楚,萝卜白菜各有所爱,别人不一定也这么想。

此处虽然有着藏族的特点,但实际上整体的氛围还是汉族风格居多,这令康威感到通体舒畅,有一种宾至如归的亲切感,尽管他不能奢望别人与他有同感。卧室的风格他也非常喜欢,黄金比例的设计,极简主义的装饰风格,缀以零星的织锦挂毯和一两件上好的漆器。纸灯笼散发着柔和的暖光,像一件凝固的艺术品。他感觉自己的精神和肉体都得到了滋润，他又想起晚宴的菜色里可能放了药草的事情，依旧思索无果。如果真的放了药草的话，不管它是什么，它都已经缓解了巴纳德的气喘，安抚了马林森的躁动，他们俩吃得很香，在席间一直大快朵颐，都顾不上说话。康威也饿得狠了，但他并不觉得在一些重大的社交场合中遵守循序渐进的礼节有什么不好。他向来不喜欢仓促行事，偏爱慢时光的生活步调和有条不紊的行事方法。

他甚至不疾不徐地抽了一根香烟后，才自然而然地将话题引向了他感兴趣的方向，他对张发表了自己的看法："你们似乎是个十分幸运的群落，对陌生的来客也极其热情好客。但我猜你们应该不常接待来客吧？"

"的确不常待客，"这位中国人稳重而有分寸地回答道，"毕竟这里不是旅游胜地。"

康威笑了，说："你把这件事说得还真是婉转。我一来就察觉到，这里的偏僻实数我生平罕见。一种独立的文明体系可以在这里蓬勃发展，免遭外来文化的污染。"

"污染，你是指什么？"

"我用的这个词是指关于歌舞乐队、电影院、广告灯牌之类的现代文明产物。你们这里的水暖卫浴设施是你们能够采购到的相当现代化的设备了，在我看来，这才是值得东方从西方引进的东西，毋庸置疑，只有裨益没有弊端。我常常想罗马人非常好运，他们的现代文明既采摘了现代工业的果实，享受了热水洗浴设施的舒适便利，却没有遭受机械工业的荼毒。"

康威稍作停顿，他之前铺垫的这些即兴发挥，其话题本身流畅自如，完全看不出任何虚伪客套的痕迹，其主要目的在于创造和掌控一个适宜聊天的氛围。他一向很擅长这类事情。只不过他现在只想应和对方谦逊的礼节，以防自己的好奇心表露得过于直接。

然而布林克洛小姐却没有那么多顾虑。"请问，"她不客气地问道，"你能跟我们讲讲这座寺院的情况吗？"

张挑了挑眉，他对这种突兀的提问方式略微有些不喜："能为您服务我荣幸之至，女士，我定会知无不言言无不尽。不知道你究竟想了解哪些方面的情况呢？"

"首先，我想知道这里总共有多少人，你们是属于哪个民族的部落？"她的思维逻辑正在有条不紊地运转，其专业程度丝毫不亚于在巴斯库尔的修道院时的水准。

张回答道："我们这里的正式喇嘛大约有五十位，还有一些像我这样没有完全皈依佛门成为正式喇嘛的人。我们还要做既定的功课，方能如愿以偿地举行皈依仪式。届时我们就是半个喇嘛了，在你们的宗教体系内可能叫圣职候补人。至于种族血统嘛，我们当中包含了各个民族的代表，当然了，其中藏族人和汉族人占了绝大多数。"

布林克洛小姐并没有就此罢休，一定要刨根问底，哪怕是错误的结论。"我明白了。这么说，这是一个名副其实的本土寺院。那你们的住持是藏族人还是汉族人呢？"

"都不是。"

"那其中有英国人吗？"

"有几个。"

"上帝呀！这也太不可思议了。"布林克洛小姐惊讶地倒吸了一口气，继续说道，"现在就请跟我讲讲你们的宗教信仰吧。"

康威向后斜靠在椅背上，饶有兴趣地作壁上观。完全不同的两种哲学体系相互碰撞必定火花四射，他总能从中发现乐趣，布林克洛小姐女权主义式的直率碰上喇嘛教徒的宗教信条绝对大有看头。但从另一方面来说，他不希望主人因此受到惊吓。"那可是个大问题啊。"他顺势说道。

布林克洛小姐并不领情，没有丝毫妥协的意思。餐桌上的酒让其他人都昏昏欲睡，却让她变得有些亢奋。"当然了，话又说回来，"她展示出一副宽宏大量的姿态，"我信仰真正的宗教，但我也并非心胸狭隘之辈，我承认其他人，我是指外国人，他们对自己的信仰非常虔诚。当然了，在这个喇嘛寺里，我不奢望自己的信仰能被认同。"

她的这种襟怀让张很钦佩，遂起身郑重地鞠了一躬："为什么不呢，女士？"他操着一口地道的英语回道，"难道我们一定要认定一种宗教是真理，其他的所有宗教都是假的吗？"

"当然了，这不是明摆的事儿吗？难道不是吗？"

康威再次插嘴道："其实，我觉得我们就此话题一时也争不出个对错。倒是布林克洛小姐确实说出了我的心声，我一样感到好奇，这个独特的宗派其创立的主旨缘法是什么？"

张解答的语速相当缓慢，称得上是低声慢语："如果我妄图用几句话来阐述，亲爱的先生，我只能说我们所奉行的教义核心是中庸之道。我们反复强调、谆谆教导的德行是万事万物都要避免过度的行为，过犹不及，甚至包括德行自身，也要适度，这听起来可能有些玄妙，令人费解。你所见到的山谷中有几千位居民，他们都遵循着我们的原则，我们发现它为我们创造了极高的幸福感。我们严谨地恪守着中庸之道，我们对此十分满意。我觉得说一句不为过的话，我们的子民称得上拥有自持有度、纯洁有度和坦诚有度的良好德行。"

康威露出赞许的微笑，他觉得张说得相当精辟，而且也与他自身的秉性格调相得益彰。"我想我理解了你的意思。若我猜得不错，今天早上我们遇到的那些同伴也是你们山谷里的人吧？"

"没错。我希望在整个行程中，他们没有怠慢你们。"

"噢，怎么会，没有的事儿。我很高兴他们的脚步足够平稳。顺便问一问，中庸之道对他们也同样适用吗？我是否可以认为，它并不适用于你们的僧侣，他们无须恪守这种戒律？"

不过，对这个问题，张只是摇了摇头："我很抱歉，先生，你这个问题触碰到了我不愿多谈的领域。我只能从另外一个角度来做些补充说明，我们这个教派有多个分支，各自有各自的经义，但是我们基本上都能适度地看待这些事情。我对此深表遗憾，我才疏学浅不便多言。"

"您过谦了，万万不必为此而烦忧。这些问题足够令我回味无穷了。"康威嘶哑的声音里透出来的感觉跟他的身体一样，又一波倦怠感袭来，让他整个人昏昏沉沉的。

马林森也出现了类似的反应，但他还是坚持抓住眼前的机会说道："你们讨论的这些问题确实很有意思，但我真心建议好好谈一谈我们离开的计划。我们想要尽快回到印度。你能给我们提供多少脚夫呢？"

这个问题既现实又生硬，打破了愉快平和的表象，没留任何回旋的余地。隔了好一会儿，张才回道："真是太不巧了，马林森先生，我不是洽谈此事的最佳人选。不过不管怎样，我觉得此事都不可能立刻得到安排和解决。"

"但是有些事情必须得安排！我们所有人都有工作要做，亲戚朋友也会非常担心我们的，我们必须得回去。十分感激你们如此热情的招待，但是我们不能一直在此地逗留，白白浪费时间。如果可能的话，一切准备妥当，最好明天就启程。我希望你们会有不少人愿意护送我们——当然了，我们肯定不会让他们白跑一趟的，一定对得起他们的辛苦。"

马林森紧张地结束了自己的表述，似乎在说之前就期待能够得到回应，然而他最终从张那里得到的仅有一句平静的、几乎算是责备的话语："你所要求的这一切，都不在我的责任范畴之内。"

"不在吗？好吧，不管怎样你总能做点儿什么吧。如果你能给我们一份此处的大比例尺的地图，也是一份助力。看起来我们应该会有很长一段路要走，我们更应该早做准备。我猜你们手里一定有地图吧？"

"是的，有很多。"

"如果您不介意的话，那我们就借来用用。用完我们一定原样奉还。我猜你们一定时不时地跟外界通气吧。若是能够早一步把信息传递出去，也是一个不错的主意，至少能让我们的朋友安心。最近的电报线路距离此处有多远呢？"

张布满皱纹的脸似乎已经习得了一种本领，看起来有无限的耐心，只不过他并没有作声。

马林森等了片刻，继续道："那么，当你们有需要的东西，要去哪里发送电报呢？我指的是现代文明中的东西。"他的眼睛和声音里开始出现了一丝恐惧，慢慢地弥散开来。突然，他用力推开椅子，霍地站起身来。他的脸色苍白如纸，手胡乱地揉着前额。"我太累了，"他环顾了一下房间，断断续续地说道，"我觉得你们压根儿就没想真心帮我们。我只不过问了一个简单的问题。你显然知道答案。你们安装了现代化的卫浴设施，那它们是如何运到这里来的呢？"

随后又是一阵沉默。

"你的意思是你不想告诉我,对吧?我猜它关乎你们这里的秘密。康威,我真是不吐不快,我觉得你实在是太不走心了,对这事儿怎么能如此敷衍了事。你为什么不去查明真相探个究竟?我现在的身体真的到极限了……但是……明天,记得……我们一定得动身离开……必须走……"

若不是康威扶了他一把,助他坐回椅子上,他就滑到地上了。在椅子上坐定后,他稍微缓过来一点儿,但还是说不出话来。

"明天他就会好起来,"张温和地安慰道,"这里的空气对刚到此处的人来说会感到呼吸困难,但很快就能适应。"

康威发觉自己刚刚愣了神,方才缓过来。"这事儿可能让他有点儿尴尬,"他带着平和的怜悯之心为他辩解道,接着又迅速补充道,"我们或多或少都有些不适。最好先回去休息,休整过后再来探讨这个问题吧。巴纳德,你能照看好马林森吗?布林克洛小姐,我确信你也需要好好休息。"此时,有一个侍者前来示意,休息的时间到了。"好的,我们也正准备去休息——晚安——晚安——我随后就去。"

康威几乎是推着将他们送离了这个房间,接着,他对这里的主人直接省略了礼节,跟之前的谦逊有礼形成了鲜明的对比。马林森的指责刺激到了他。

"先生,我现在不想耽搁您太长时间,所以我最好还是直奔主题。我的朋友虽然有点儿冲动急躁,但我一点儿都不怪他,他只是想把事情弄清楚,这没有错。我们的回程问题必须提上日程,但若是没有你们或者其他人的帮助,我们在这里什么都做不成。当然了,我也知道明天就启程离开是不可能的,而且就我个人而言,我希望能够在此做短暂的停留，这是一件非常有趣的经历。但这并不是我那些同伴的态度。假使你说的都是真的，你能给我们的帮助十分有限，那么请为我们引荐能够处理此事的人。"

这位中国人回答道："你比你的朋友们都聪明，亲爱的先生，我很高兴你并没有那么焦躁。"

"您这是答非所问，您没有正面回答我的问题。"

张陡然笑了起来，突兀的笑声显得那么莫名其妙，牵强的意味实在过于明显，康威意识到这是中国人在尴尬的时候为了扳回颜面，假装听到一个有趣的玩笑而表现出自己颇有教养的一种矫饰。

"我敢担保你完全没有必要担心这个问题，"笑过后隔了好一会儿，张回答道，"毋庸置疑，到时候一定能给你们提供你们需要的所有帮助。其实你能够想象得到这里所面临的困难，希望我们能心照不宣地达成一致，不要操之过急，一定要理智地面对。"

"我不是在催您。我只是想多了解一些有关脚夫的事情。"

"好吧，亲爱的先生，那就涉及另外一个话题了。我怀疑你能否顺利找到愿意跟你们走一趟的居民。他们在谷里有自己的家，而且他们不喜欢离开家，又远又辛苦地遭那份罪。"

"应该能够说服他们吧，否则，他们今天早上怎么会护送你出去呢？"

"今天早上？噢，那完全不是一回事儿。"

"有什么不同呢？难道不是你们出行时恰巧在路上偶遇了我们吗？"

对方没有对这个问题作出回应。过了一会儿，康威用更加平静的声音继续道："我晓得了。那根本不是偶然的邂逅。实际上，我一直在琢磨怎么会那么巧。所以说你们是专程去拦截我们的。也就是说你们事先知道我们的到来。不过我好奇的是，你们是怎么提前知晓的？"

他的话让原本就十分微妙的气氛又平添了一丝紧张。灯笼散发出的柔光映在这位中国人的脸上，犹如雕塑般波澜不惊。突然，张做了个微小手势，打破了紧绷的局面，他拉开一张丝织挂毯，打开一扇直通阳台的窗户，接着，他扶着康威的胳膊，引他一同呼吸外面冷凝清澈的空气。

"你真是聪慧，"他梦呓般地说道，"不过你猜得并不完全正确。鉴于此，我建议你不要把这些理论上的猜测拿出来讨论，让你的朋友增添不必要的担忧。相信我，你和你的朋友在香格里拉绝对不会有任何危险。"

"可困扰我们的不是危险的问题，而是害怕耽搁太多时间。"

"我理解，但耽搁时间是无论如何都无法避免的。"

"如果只耽搁短短几天，且确实无法避免，我们会尽可能地调整好心态，耐心等待。"

"这就对了，这种做法才是明智的，我无非希望你和你的同伴能够在此过得愉快。"

"这里的一切都很棒，就像我之前跟你说的，就我个人的意愿而言，我并不介意。这是一种全新的、有趣的体验，且不管怎么说，我们都需要好好休整一下。"

他抬眼凝视着卡拉卡尔那闪耀明亮的金字塔状山峰。那一刻，皓月当空，在远方蓝色天际的映衬下尤为皎洁无瑕，似乎伸手可触。

"明天，"张说，"你会发现它更加奇妙。如果你想在心力交瘁、精疲力竭之际找个地方疗养休息，那么，世上再没有比这里更好的地方了。"

　　的确，当康威继续凝视时，一种寂然的感觉席卷了周身，似乎那壮观奇特的观感不只入了眼，也滋润了心魂。此时万籁俱寂，没有一丝风来打扰此处的宁静，与昨夜荒野高地的狂风肆虐形成了强烈的反差。整个山谷看起来像是卡拉卡尔山脉孕育的一个内陆港湾，金字塔式的峰顶像一座灯塔俯瞰着它。想到此处，他不由得露出了会心的微笑，冰雪覆盖的峰顶在月光的照耀下反射出来的淡蓝色光晕无比华美壮丽。康威心中涌起了一股豪情，想探究卡拉卡尔山脉名字的起源，张的回答宛如沉思冥想时的低语，幽幽地在耳畔响起："卡拉卡尔，在当地的土语中意思是蓝色的月亮。"

　　康威没有把自己的推测透露给同伴，他们来到香格里拉在某种程度上是被当地人预知的。他意识到这个问题很严峻，直觉告诉他，必须向众人隐瞒这件事。但是当清晨的第一缕阳光透进来，他的意识慢慢地回笼，身体感觉不那么难受了，他又产生了一丝困惑，他下意识地规避了风险，不愿引起其他人更大的恐慌，可残存的理智告知他此地处处透着诡异，前一天晚上张的态度也并没有让人感到些许宽慰，实际上他们这伙人已经是笼中鸟，除非当局愿意做更多的努力。很明显这个任务落在了康威的肩头，他的职责就是迫使他们有所作为。别的暂且不提，毕竟他是代表英国官方的，如果西藏的寺院拒绝他任何合理的要求都是有失公允的……这无疑是官方应当持有的正确态度，从另一个角度来讲，康威算得上是一个正式的官员。在很多场合，没有人比他更能显示强者的气概。在撤离之前最后那万分艰难的几天里，他表现得可圈可点（虽然表面上他摆出一副冷漠的表情），不仅为他赚足了不亚于爵士称号的名声,也足够为亨蒂学院奖提供一本书名为《康威在巴斯库尔》的书。他主动承担起了大量成分混杂的平民的庇护责任,其中包括妇女和儿童,他将他们安置在一个小小的领事馆内,在那些严重排外的煽动者发动了热血革命的期间,他采取恐吓、胁迫和劝诱等各种手段,试图说服那些革命人士允许他用空军的运输机进行大规模的撤离,他认为这称得上是一个不小的功劳。也许能够通过发电报,撰写冗长的报告,还能额外捞取一枚新年荣誉勋章。至少这件事情让他赢得了马林森强烈的敬佩。不幸的是,这位年轻人现在对他非常失望。当然这事儿很可惜,但是康威早已习惯了人们总是因为各种误会而喜欢他这种事情。他并非那种为帝国主义事业的建设甘愿抛头颅洒热血、鞠躬尽瘁死而后已的人,他也只是在充当一些小角色,而命运却安排他在外交公务活动中一次又一次地故技重施,所挣得的薪水只有在惠特克的故事里才能发现世间居然真的存在如此微薄的报酬。

事实上,香格里拉是谜一样的存在,而他此时已经置身其中,并且已经开始为其迷人的魅力所折服,日益沉沦。而且他很难从中感受到危险的气息。他的公务员工作总是把他送到世界上各种奇怪的地方,一般来说,驻地越奇怪他越不会感到无聊,之所以发牢骚是因为这是一场意外事故,而非白厅的当权者签署的调度令,却将他送至如此诡异之极的地方。

他远没有达到心怀怨怼的地步,当他早上醒来,透过窗子映入眼帘的是碧蓝如洗的天空,他就不会再选择地球上的其他地方,哪怕是白沙瓦,抑或是伦敦最繁华的街道——皮卡迪利大街。他也很高兴看到其他人经过一整晚的休憩,精神状态明显得到了很大的改善。巴纳德已经能够愉快地拿床、洗浴设施、早餐以及其他舒适的便利设施来开玩笑了；布林克洛小姐抱着吹毛求疵的态度欲从居住的房间里找出一两个瑕疵来，最后不得不以失败告终；即便是马林森也获得了极大的满足感，不过却难掩郁闷。

"我猜我们今天铁定是走不成了，"他小声嘟囔抱怨道，"除非有人能够雷厉风行地处理此事。那些人看起来是典型的东方人行事作风，你甭指望他们能够迅速高效地做事。"

马林森能够说出此番话来，康威还是能够理解的。马林森离开英格兰还不满一年，毋庸置疑，即便给他足够长的时间，哪怕是再过二十年，事实会证明他依旧只会重复这番论调，不会有任何改变。虽然从某种程度上来说确实如此，然而康威并不认为东方人做事异常拖拉，反倒是英国人和美国人不断对整个世界的格局指手画脚，狂热得很是荒谬。这种观点他从不期望能跟任何一位西方朋友分享，只是随着年龄和阅历的增长，康威对此越发深信不疑。另外，张的确是一位狡猾的诡辩者，马林森对他毫无耐心也是情有可原的。康威倒是希望自己也能变得焦躁一些，这样也许那个小伙子心里会好受一点儿。

他说："我觉得我们最好还是等等看，看今天事情有什么进展。如果指望昨晚就能有所进展，那就有点儿盲目乐观了。"

马林森猛地抬头："我猜你可能觉得就我自己在这儿自欺欺人，急得直蹦，是吧？我根本停不下来啊。我觉得那个中国人真是不靠谱，直到现在我也这么认为。昨天晚上我走了之后，你从他那里套出什么有用的信息了吗？"

"我们并没有说很多。他总是含糊其词，对什么都不置可否。"

"我们今天无论如何也得哄着他挖出点儿有用的信息来。"

"那是肯定的,"康威赞同道,但明显对前景不怎么乐观,"不过今天的早餐还是很丰盛的。"早餐有柚子、茶和印度薄饼,准备得非常周到。

直到这顿饭吃到尾声,张方才走进来,他俯身向前鞠了一躬,以传统的见面礼仪问候了众人,他说的是英语,听起来有一点儿繁杂冗长。康威宁愿他说汉语,但是到目前为止,他还不想让对方知晓他会说任何一种东方语言,他想给自己留一张王牌作为后手。

他严肃认真地聆听着张的烦冗礼节,再三保证他睡得很好,精神状态也好多了。张表达了自己非常欣慰并补充道:"说真的,正如你们英国一位民族诗人所言:'三千烦恼丝,一睡解千愁。'"

可此番博学多闻的才华展示并没有得到对方的认可。马林森听后的第一反应是不屑,这是任何一个思想健全的英国年轻人听闻后的正常反应。"我猜你说的应该是莎士比亚,尽管我也不知道这句诗的出处,但是我知晓另外一句话是这么说的:'不能光说不练,只耍嘴皮子功夫,心动不如行动。'我说这句话并没有想要冒犯您的意思,只不过我们都希望这么做。如果你不反对的话,今早,也就是现在,我就想去寻找那些脚夫。"

张听了对方的最后通牒,表情十分冷淡,依旧无动于衷,他只是淡淡回道:"我很遗憾地告知你们,这样做没有任何意义。恐怕我们这里没有人愿意背井离乡陪你们去那么遥远的地方。"

"我的天呐,先生,你不会认为我们只是为了等这样一个答复的吧?"

"对此我深表遗憾,除此之外我爱莫能助。"

"你似乎从昨天晚上开始就预料到一定是这样的结果,"巴纳德插嘴道,"也就是说你心里一点儿底都没有。"

"昨天晚上,你们刚刚历经了那么久远的旅程,实在疲惫,我不想那时候就让你们禁受失望的打击。现在经过一整晚的休整,你们差不多都恢复了精神头儿,我希望你们能够更加通情达理地直面这个问题。"

"依您看,"康威迅速接过话茬,"这种含糊其词、支支吾吾的搪塞推诿并不能解决任何问题。您也知道我们不可能一直住在这里。同样,我们凭借自己的力量也无法离开。既然如此,您有什么建议呢?"

张的脸再次浮上了笑容,很显然这个待遇只有康威一人享有。"亲爱的先生,很荣幸能够说出我自己的看法。对你朋友的那种态度我本不应理会,但是对一个明白人提出的请求我总要给个交代。你还记得昨天提起的一件事吧,如果我没记错的话,还是你的朋友说的,我们偶尔会跟外界有所交流。这是真的。我们偶尔会从遥远的贸易口岸采购一些东西,我们习惯于通过预订的渠道去获得这些物资,至于采取什么方式或者形式就不便多说了。重点是这个送货的队伍很快就要来了,货送到后,这些人会立即返回,你们可以设法跟他们协商一下。事实上除此之外我想不到更好的办法,我希望当他们抵达时⋯⋯"

"他们什么时候到?"马林森不客气地打断道。

"当然了,要想按照约定好的日期准时抵达不太现实。你亲身在这片区域走过,知晓所面临的危险和困境。无数的意外随时都可能发生,进而影响行程,此外,还有这恶劣的气候⋯⋯"

康威再次插话道:"让我们明确一点。您的建议是让我们雇用那些很快就会带着商品到这里来的脚夫们。到目前为止,这并不是一个坏主意,但是我们必须要多了解一些这方面的事情。首先,还是之前的那个问题,这些人大概什么时候到?其次,他们会把我们带去哪里?"

"这个问题你们应该跟他们交涉。"

"他们会带我们去印度吗?"

"这我就难说了。"

"好吧,我们可以回答另外一个问题。他们什么时候会到这里?我不是问哪一天,我只是想知道个大概,比如说是下个星期,还是明年之类的。"

"从现在开始算的话,一个月左右,最多不超过两个月。"

"也有可能三个月、四个月或者五个月,"马林森赌气地拆台道,"你觉得我们会乖乖待在这里等着那个劳什子的护送队还是商队,最后带我们去只有上帝才知晓的鬼地方,时间不确定,目的地不知道,要走多远更是不清楚,所有的一切都遥遥无期,是这样的吗?"

"先生,我觉得'遥遥无期'这个词不太恰当。除非有不可预料的事情发生,不然不会比我说的更长了。"

"但是两个月啊!在这个鬼地方待两个月!太荒谬了!康威,你一定不能妥协!我的天呐,两个星期都超过我忍耐的极限了!"

张整理了一下自己的长袍,这个微小的动作意味着要结束这次谈话了。"我很抱歉。我没有想要冒犯各位的意思。只要你们待在这里一天,喇嘛寺将一如既往地为你们提供最周到的招待,无论多久。我只能言尽于此。"

"不用你们假好心,"马林森狂暴地驳斥道,"如果你认为你们已经完全控制了我们,能够为所欲为,你很快就会发现你错得离谱!我们会找到所需要的脚夫,这一点就不用你操心了。你可以尽情地假惺惺地鞠躬作揖,想怎么说,随便你……"

康威按住他的胳膊制止了他，此时，马林森年轻人的冲动越发激烈，他想到什么就说什么，完全不管这些话是否得体，说出来有没有意义。康威觉得在这种境遇下做出这种失态的行为情有可原，但是他唯恐马林森的言行会伤到张那颗脆弱敏感的心。幸好对方足够老练圆滑，此时已经转身出去了，这个时机抓得如此恰当真是令人钦佩，起码避免了更多不必要的尴尬。

第五章

那天上午他们一直在商讨这件事情,这件事无疑对他们四个人造成了巨大的心理冲击。按照正常的生活轨迹,他们原本应该在白沙瓦的夜总会或布道所里享受自己的生活,而非此时这样,被迫面对西藏寺院为期两个月扑朔迷离的前景。但万事万物的客观规律往往就是这样,一鼓作气,再而衰,三而竭,初来乍到的冲击渐渐退去,那些愤慨和讶然所剩无几,留下来的也就微不足道了。即便是马林森,经过第一次的情绪大爆发之后,也渐渐趋于了平静,陷入一种无措的宿命论的情绪中。

"我已经不想再争论这件事情了,康威,"马林森浑身充斥着应激性的紧张,狠狠地抽了口香烟说道,"你知道我是什么样的感觉,这一路我都在反复强调这件事蹊跷得很,甚至说极其诡异。我现在受够了,什么都不想理会,只想离开。"

"我并没有责怪你的意思,"康威回道,"很不幸的是,现在不是我们想要怎样的问题,而是我们别无选择,不得不忍受目前的处境。说白了,如果这些人咬死了说他们不会或者无法提供给我们不可或缺的脚夫，我们也别无他法，只能等着其他人的到来再从长计议。我很抱歉，不得不承认我们在这件事情上确实孤立无援，这就是残酷的现实。"

"你的意思是说，在未来的两个月里，我们只能坐以待毙，被困在这个鬼地方吗？"

"除此之外，我想不到我们还能做什么。"

马林森弹了弹烟灰，强迫自己做出一副无动于衷的姿态来："那好吧，既然如此，不就是两个月嘛。现在我们都来为此大声欢呼吧！"

康威继续道："与其他更遥远偏僻的地方相比，我不认为在这里待上两个月会更糟。从事我们这一行的人都应该习惯时常被派驻到各种稀奇古怪的地方去工作，我敢笃定，我们几个人的工作性质都是如此。当然了，这对我们当中有亲朋好友的人来说，是相当糟糕的。就我个人而言，在这方面可能比较占优势，我想不出有谁会牵挂我，我的工作也可以轻而易举地被其他人替代。"

他转向其他人，无声地邀请他们也谈谈自己的情况。马林森没吱声，但是康威大体上对他的处境有所了解。他的双亲和女友都在英格兰，这就难办了。

巴纳德骨子里带着幽默细胞，他接受了康威彼时早已点明的现状："好吧，我觉得在这件事上我真是幸运极了，反正两个月的圈禁又不会要了我的老命。至于我故乡的父老乡亲们，他们压根儿就不会在意的。我平时也不怎么给家里写信。"

"你忘了一点，届时我们的名字将出现在报纸上，"康威提醒道，"那上面会发布我们失踪的消息，人们自然而然地会往最糟糕的地方想。"

巴纳德闻言吃了一惊，可片刻后，便微微咧着嘴笑道："噢，这倒是不争的事实，不过我向你保证，这对我不会有什么影响。"

尽管仍有未解开的谜，但知晓这件事对巴纳德的影响并不大，康威颇感欣慰。他转向一直异常缄默的布林克洛小姐，在与张会谈的时候，她就未发一言。他猜想或许相对其他人，她的牵挂更少。只听她积极乐观地说道："正如巴纳德先生所言，不过就是在这里待上两个月，何必大惊小怪。无论身在何处，都能随时沐浴上帝的恩泽，并没有什么不同。天意让我来到此处，我视之为上帝的感召。"

康威觉得在此种境遇之下，这种态度是最合时宜的。"我保证，"他鼓励地道，"以后你一定会看到你们传教会对你的回归喜出望外的。你会给他们带去很多闻所未闻的信息。经此一事，我们几个就都有了老来谈资，多少也能够聊以慰藉。"

接下来的聊天变得轻松随意起来。巴纳德和布林克洛小姐能够如此轻易地便适应了新环境让康威非常吃惊，与此同时，也让他得到了几许宽慰，这样一来，就只剩下一个愤懑的人亟待解决了。即便是马林森，在重压之下，历经激烈的争吵后，也有了态度上的转变，他虽然仍旧烦躁焦虑，却有了愿意积极面对现状的心态和看待事物的觉悟。"只有上帝才能知晓我们应该如何自处。"他嚷道，光凭他脱口而出的话便能窥见，他正在心里努力进行自我调解。

"第一条，我们必须缓解彼此的紧张情绪，以免擦枪走火，"康威回应道，"幸运的是，这个地方似乎足够辽阔，人口绝对不会过于密集。除了这些侍者，目前我们只看到一个居民。"

巴纳德居然也找到了一个说服自己保持乐观心态的理由："如果按照一直以来我们所享用的饮食标准来看，起码我们不会挨饿。你也看出来了吧,康威,这个地方若是没有大量的现金,是无法运转的。比方说那些卫浴设施,就价值不菲。而且我没有看到这里的人有任何赚钱的本事,除非谷里那些穿皮套裤的人都有工作,可即便那样,他们也生产不出足够的产品用以出口。所以我在想是不是他们在开采某种矿物。"

"整个地方到处都该死的太过诡异了,"马林森回应道,"我敢打包票,他们一定是藏了一笔巨大的财富,就像耶稣会一样。至于这些卫浴设施,可能是一些家财万贯的赞助者捐献的。不管怎样,一旦我离开,这些都跟我无关。但是我不得不承认这里的景色真是好极了。若搁在别的地方,一定会是一个不错的冬季体育项目运动中心。我很想知道远处那些山坡是否能够滑雪。"

康威向他投去了意味深长的一瞥,也颇觉好笑:"昨天,当我发现有火绒草的时候,你还提醒我此处不是阿尔卑斯山。这回轮到我将原话奉还了。我可不建议你在这个地界上尝试你的文根-沙依德克式的滑雪技巧。"

"我琢磨着这里的人应该没见识过跳台滑雪。"

"何止,恐怕连冰上曲棍球的比赛都没见过。"康威半开玩笑地应道,"你倒是可以尝试组建几支队伍。就叫'绅士队'和'喇嘛队'如何?"

"的确,这倒是能教会他们打比赛。"布林克洛小姐以一本正经的口吻风趣地补充道。

讨论到现在也得不出个所以然来,继续僵持下去没有任何意义,而且午餐已经准备就绪,上餐速度之快、饮食菜色之独特都给人留下愉快的印象。餐毕,当张现身后,又冒出了一点儿要发生口角的苗头。

幸亏张的情商极高，他若无其事地装作跟每一个人的关系都依旧很好的样子，而四位流落此处的异乡人也都顺水推舟，好让面上过得去。甚至当他提出建议，若是他们对喇嘛寺的建筑感兴趣，他愿意充当向导。这个提议被大家欣然接受。

"哎呀，可不是嘛，"巴纳德说道，"倒还不如趁着我们还在这儿的时候好好观光一下这里的风景。我估计未来很长一段时间里，我们当中很难有人会再次拜访此地。"

布林克洛小姐突然迸出了一句感慨颇深的话："当我们坐上那架飞机离开巴斯库尔的时候，我做梦都没想到我们会来到这样一个地方。"她一边走一边小声地念叨着。在张的陪同下，大家一起离开餐厅去参观寺庙。

"我们至今还不知道来到这里的原因。"马林森不忘提醒道。

康威有种族和肤色的偏见，有时，却会在夜总会和头等车厢这类特别的场所中，装出一副很在意遮阳帽下红脸的"白色度"的模样。尤其是在印度，这样做可以避免很多麻烦，康威是一个切实的麻烦规避者。但是在中国却完全没有必要玩儿这一套，他有很多中国朋友，他从来没觉得他们哪里低人一等。因此在他与张交流的过程中，他无须多费神便能看出张是一位彬彬有礼的绅士，虽不能完全值得信赖，但他无疑是个睿智机敏、情商超高的人。马林森只不过是凭着自己的种种想象来看待张的；布林克洛小姐比较尖锐、活泼，把张视作未开化的异教徒；而在幽默友善的巴纳德看来，张应该是那种培训出来的举止文雅的男管家。

同时，香格里拉的观光之旅足够吸引人的心神，大家便无暇顾及对张的看法了。这不是康威见识过的第一家寺院建筑群，但显而易见是最大的一家，暂且不说它所处的位置足够独特，单凭其自身的恢宏便称得上是最非凡的一个。一行人仅是穿行了部分屋宇和庭院就花费了一下午的时间，张已经刻意地略了许多禅房和部分整座的院落，他压根儿就没带大家进去。不过他们看到的东西足以给每个人留下深刻的印象。巴纳德比之前更加确信这里的喇嘛一定很富有；布林克洛小姐找到了大量的证据表明他们的确未经开化；而当马林森的新鲜感消失殆尽，发现自己走这一遭的疲惫程度丝毫不亚于在低海拔地区进行的短途观光旅行，他有种预感，这些喇嘛并非他心目中的英雄。

只有康威兀自折服于这里迷人的魅力，沉湎于滋生蔓延的狂喜之中陶醉不已。还没有什么事情能够吸引他到如此的地步，那种从内里渐次溢出来的高贵典雅、朴实无华、端庄完美的格调，浑然天成地融合为一体，即便乍见之下没那么醒目，却能在不知不觉间吸引人的眼球，令人陶醉其中不可自拔。他只有刻意压制，方才强迫自己的心魂从艺术家的情境中转变至鉴赏家的行列里，接着，他意识到，这些宝物哪怕是博物馆和百万富翁们都会争相预订的。精致绝伦的宋代蓝灰色陶瓷制品，已保藏了千年之久的着色墨染的画卷，用冷色调和粗犷的线条绘制的仙境景色的漆器。瓷器和清漆所弥留的余韵，让人仿佛置身于无与伦比的高雅世界，那瞬间升腾的情绪涌至灵魂深处，令人猝不及防地感受到美的洗礼。没有半丝的浮夸，没有过度的渲染，亦没有矫揉造作地针对观赏者的情感进行侵蚀。那尽善尽美的精致就像一朵花的无数花瓣在人的心湖中颤动飘舞，美得几欲令人窒息。它们足以让任何一个收藏家疯狂，但康威本人并不做收藏，他既没有雄厚的资金，骨子里亦没有贪婪的占有欲。他对中国艺术品发自内心地由衷喜爱，在这个日益喧嚣浮躁的世界里，他的内心深处依然偏爱温和的、精致的、细腻的物件。当他穿过一个又一个房间，联想到卡拉卡尔山脉恢宏广袤的身躯，对比眼前脆弱的、不堪一击的珍奇文物，一丝怅然漫上心头。

这个喇嘛寺不仅陈列了中国风格的艺术品，还有数不胜数的其他风格、种类的珍品。比方说，这里有一个非常有特色的藏书阁，其建筑高耸开阔，其内收藏了大量藏书，却被孤寂地安置于隔间与壁龛之中，显得整体的氛围是知识过于泛滥而学习者甚少，空有底蕴却无人珍视的样子。康威从那些架子上匆匆瞥过，着实被震惊了。这里世界顶级的文学著作应有尽有，似乎还有大量深奥晦涩的孤本，其价值他亦难以估量。除了大量丰富的英语、法语、德语和俄语书卷，还有不知繁几的汉语书籍及其他东方国有的著作。

有一部分书籍尤其令康威感兴趣，姑且先称为"西藏区"，陈列的均是研究西藏的专业书。他注意到有几个极其罕见的孤本，其中有安东尼奥·德·安德拉达的《西藏之新发现》（里斯本，1626年），《亚塔那修·基尔舍眼中的中国》（安特卫普，1667年），特凡纳特的《格鲁伯与奥维尔的中国游记》，以及贝利伽蒂未发表的研究报告《西藏之旅》。他正翻阅到最后一本书的时候，发现张温和而惊讶的目光聚焦在了他的身上。

"如果我没猜错的话，你是一位学者，对吗？"张温声问道。

康威觉得这个问题不太好答，鉴于他在牛津大学有过做学监的经历，也足以当得起学者的称谓，但他明白这个词的意义和分量，尽管从中国人的嘴里说出来是对其最高的敬意和赞美，但是听到英国人的耳朵里隐约还是有那么一丝自负的意味，为了顾及同伴的感受，他还是拒绝了这个称谓。他回道:"我确实很喜欢读书、做研究,不过我近些年的工作没能给我提供适合专心学习的机会。"

"可你内心里是向往的吧?"

"噢,也不全是,但我切实地明白读书的魅力之所在。"

马林森此时拿起一本书打断了他们的谈话:"康威,眼下这里就有一个现成的适合你搞研究的机会,这里有张中国地图。"

"我们这里收藏了几百张这样的地图,"张说道,"都是公开的,你们可以随时查阅翻看,但我给你们提个醒,省得你们白费力气,你们不会在这里找到任何关于香格里拉的标记。"

"这就奇怪了,"康威说道,"我想知道这有什么内情吗?"

"事情既已发生,自然有其存在的道理,我也只能言尽于此。"

康威礼节性地回以微笑,但马林森似乎又被这种话惹恼了:"都到这个时候了还在那故弄玄虚,"他说道,"至今我们都没发现你们这里还有什么值得花费时间和精力隐瞒的。"

布林克洛小姐好似刚从沉默的思虑中苏醒过来,她用清脆尖锐的音调突然问道:"难道你不给我们展示一下喇嘛们工作的地方吗?"这句话让各怀心事的众人都吓了一跳,大家能想象到她之所以会这样问,是为了当她回到家乡时可以拥有大量的谈资,她的意识里可能已经充满了朦胧的幻象,当地的手工艺品、编织的祷告跪垫,以及别致生动的原始艺术品。她的身上有一种非凡的特质,表面上看似处变不惊,可又总是夹杂着些许义愤填膺,两种复杂又矛盾的气质始终恒定和谐地存在着,至少并未因张的回应而有丝毫的波动。"很抱歉,那是不可能的。喇嘛们从不,或者我应该说极少能够被寺庙外的人窥探。"

"看来我们不得不与他们失之交臂了,"巴纳德接受了这个说法,

"但是我真心认为这是一件非常遗憾的事情。你不知道我多么希望能够与你们的住持结识。"

张开始以严肃庄重的态度向他回以致意。布林克洛小姐仍然没有被转移话题:"喇嘛们平日里都做些什么呢?"她锲而不舍地询问道。

"他们打坐修行,沉思冥想,参禅悟道。"

"那岂不就是什么事情都不做吗?"

"好吧小姐,如果你坚持这么认为,就算他们什么也不做好了。"

"果然不出我所料,"她抓住时机趁势总结道,"好吧,张,很荣幸你给我们展示眼前的这一切,我十分确定你并没有说服我这个地方真的是在做善事。我宁愿做一些更有实际意义的事情。"

"也许你想喝杯茶了?"

康威起初猜想这话是不是带着讽刺意味,但是很快他就发现不是,一下午就这样悄然溜走了,而张一向在饮食上颇为节制,却有着典型的中国人喜欢喝茶的习惯。布林克洛小姐承认参观艺术展览馆和博物馆总是让她感到有些头痛。因此一行人便从善如流地接受了这个建议,跟随张的脚步穿过几个庭院,骤然踏入一幅无与伦比的精致画卷。

沿着柱廊一路走下来便来到一处带有莲花池的花园,密密层层的荷叶铺展开去,好像铺了一层温润如玉、青翠碧绿的琉璃瓦片。池子周边环绕摆放着狮子、龙、独角兽等形态迥异的黄铜制品的兽群,每一个都呈现凶猛夸张的艺术形态,可这种浓墨重彩的虚夸非但没有破坏整体宁静祥和的氛围,反而越发展现了别样的静态美。整幅画卷美轮美奂,令人目不暇接,毫不夸张地说,就连卡拉卡尔山脉的顶峰,举世无双的蓝瓦穹顶,似乎在如此精致绝伦的艺术构架面前都甘拜下风。

"堪称完美的迷你世界啊！"巴纳德忍不住赞叹道。当张引领大家步入一个带有羽管键琴和现代三角钢琴的亭阁时，康威眼睛一亮，越发兴奋起来。在某种程度上来说，他认为这是整个令人叹为观止的下午里最奇特的一件事情。

张以赤诚的态度耐心细致地解答了他的每一个问题，据他介绍，这些喇嘛对西方音乐持有很高的敬意，尤其是莫扎特的作品，他们已经收藏了欧洲所有优秀的音乐作品，其中一些人还能熟练地演奏各类乐器。

巴纳德仍旧对这里的道路交通问题比较关注："你不要告诉我说这架钢琴也是通过我们昨天来的那条路运进来的吧？"

"只此一条，并无它选。"

"天呢，这也太牛了！哎哟，你们这要是再弄一台留声机和一台收音机就齐活儿了！不过，也许你们不太熟悉最新流行的音乐。"

"噢，你说得对极了，我们已经打了报告，但是专业人士认为这条山脉无法接收到无线电的信号，至于留声机，我们已经向上面反映过了，但反馈回来的信息是他们认为这件事情不急。"

"即便你不告诉我，我也是了解的，"巴纳德幽默地调侃道，"我猜那一定是你们圈子里的信条，'万事莫急'。"他爽朗地哈哈大笑，接着说，"那么，能不能再具体说说，假如有那么一天，你的上峰决定他们确实需要一台留声机，这流程是怎么个走法？有一点是毋庸置疑的，就是厂商不可能把货直接送到这里来。你们一定在北京或者上海，或者其他地方有一个代理商，我敢打赌，每样东西运到你们这里所花费的成本都是相当高昂的。"

但张没有像之前回答问题时那样再多做延伸："你的猜测很有道

理,巴纳德先生,但恕我不便多言。"

所以康威琢磨着,他们再次回到了仿佛触手可及却又好似镜花水月般的无形边界徘徊。他觉得很快就能凭借自己丰富的想象力,经过一番仔细的筹谋找到那条脉络,尽管受突如其来的新奇事物的影响暂时推迟了此事的进程。侍者们已经端着用浅钵盛着的花果茶走了过来,随着这些身轻如燕、灵活敏捷的藏族人进来的,还有一个十分不惹眼的穿着汉族裙子的小姑娘。她径直走至羽管键琴前,弹奏了一曲让-菲利普·拉摩的《加沃特舞曲》。令人陶醉的拨弦声刚响起第一个音符,便搅动了康威的心绪,给他带来了无限的惊喜。那些银铃般清脆悦耳的18世纪法国音乐几乎能与宋代高雅的花瓶、精致的漆器以及唯美的莲花池相媲美了,同品质的芬芳萦绕在他们周身,尽管它们所表达的精神迥异,却能跨越时空经久不衰。

他随即注意到了演奏者,她有着纤细的鼻子,高颧骨,还有满族人惯有的蛋壳般白皙的肤质,她乌黑的头发在脑后紧紧地编成辫子,她的身形十分娇小玲珑,她的嘴唇像一朵小小的粉色的旋花。除了在琴键上灵巧跑动的修长手指,整个人坐在那里异常恬静。一曲《加沃特舞曲》演奏完毕,她起身微微鞠躬致意便走了出去。

张微笑着目送她走远,然后带着一丝与有荣焉的欣喜看向康威:"你是不是很享受?"他询问道。

"她是谁?"未等康威回答,马林森便迫不及待地抢先问道。

"她的名字叫罗岑。她很擅长西方的键盘乐器。跟我一样,她还没有完全皈依佛门。"

"实际上,我也觉得她没有入会!"布林克洛小姐惊叫道,"她看上去只是个孩子,你们这里有女性喇嘛吗?"

"我们这里没有性别之分。"

"你们这儿的清规戒律还真是不可思议。"众人哑然,半晌后,马林森傲慢地讥讽道。

在接下来的茶歇期间,再也没有响起交谈的声音,羽管键琴的余韵似乎仍旧弥漫在空中,像被赋予了神奇的魔力久久未曾消散。之后不久,张便引领大家离开了亭阁,他希望他们能够享受这次的寺庙半日游。康威代大家说了些礼节性的客套话。张随后也向他们表示自己同样感到荣幸,衷心地希望他们在此驻足期间不必见外,可以根据需要尽情地使用音乐室和藏书阁的资源。康威一再表示感谢,这回语气里多了几分真诚。"但是寺里的喇嘛们怎么办呢?"他补充问道,"他们不需要使用这些资源吗?"

"他们会非常高兴能够把这些让给他们最尊贵的客人。"

"哎呀,这就是我所谓的那种真君子。"巴纳德说道,"而且更重要的是,这说明这些喇嘛确实知道我们的存在的。不管怎么说,这也算近了一步,让我深刻地体会到了宾至如归的感觉。你们这儿的人真是卧虎藏龙,张,刚才弹钢琴的那个小姑娘真是棒极了。我想知道她到底多大了?"

"这个恐怕我不太方便告知。"

巴纳德大笑道:"你们这儿难不成还有不能暴露女士年龄的规矩吗?"

"一点儿不错。"张的脸上带着似有若无的微笑答道。

那天晚上吃过晚饭,康威找了个机会离开其他同伴,漫步走进宁静幽远、月华如洗的庭院。香格里拉是如此的令人沉醉,处处笼罩着神秘的气息，而此处却又尤为得天独厚。清凉的空气似乎凝结在空中，卡拉卡尔山巍峨的顶峰看上去似乎比白日里近得多。康威感到身体轻盈，心情愉悦，精神上尤为舒适，但是在他的思维逻辑中，在理智的层面上的感知却与表象不尽相同，冥冥之中有种莫名的不安，让他很迷惘。这个在他脑中一直揣摩的秘密，已经逐渐形成了清晰的脉络，但这只不过刚刚揭露了神秘莫测的背景而已。这一系列不可思议的事件发生在他和三个素不相识的同伴身上，现在已成了一个解不开的劫，他还无法弄明白他们用意何在，但他隐隐觉得真相总会以某种方式摊在阳光下与大家相见。

穿过一条回廊，康威来到一处能够俯瞰整个山谷的露天阳台。晚香玉的馨香扑面袭来，充斥着五感六觉，引起阵阵遐思。对此情此景中国有句诗词说得好："暗香浮动月黄昏。"他的心思蓦然一动，顿时想入非非，如若月色也有声音，它一定跟他最新听到的拉莫的《加沃特舞曲》一样美妙动听。想到那首妙绝的乐曲，不由得便想到了那个娇小的满族姑娘。他怎么也没想到香格里拉这个地方居然会有女人的身影，普通人不会把她们与出家修行联系到一起。不过，他觉得这并不是一个令人排斥的革新之举，不得不承认，一位女性的键琴演奏者对任何族群都算是一种傲人的资本，而这个社群正如张所言，容许异端的宗教原则适度存在。

他从露天阳台的边缘俯瞰蓝黑色的虚空。那落差有些像海市蜃楼，也许只有一英里也说不定。他想着自己能否被允许进入谷底，近距离观察一下那些之前谈论过的谷内居民。这种神奇的文化圈所孕育的宗教信仰，就掩藏于这片遗落的山脉中，被一些不甚清楚的僧侣政体或神权所控，一想到这些，康威就兴奋得如同一名历史系的学生，除了本身的好奇，多少还是受了藏传佛教寺院的诸多秘密所影响。

突然，空气微微产生了波动，从遥远的谷底传来阵阵声响。仔细一听，康威能分辨出其中铜锣和唢呐的声音，隐隐还有（可能是幻听）嘈杂的哀号声。那声音随风飘荡，隐隐约约，时有时无。但正是幽谷深处传来这种生活的勃勃生气，才越发衬得香格里拉分外地朴素宁静。它那孤寂的庭院和昏暗的亭阁于无声处冲破世俗的重重雾霭闪烁着微光，只留下时光从未流逝的寂然。

接着，他注意到露天阳台上方的一扇天窗里透出了一束玫瑰金色的光，那里是喇嘛们打坐冥思，参禅悟道的地方吗？那些宗教的敬拜仪式还在进行吗？这个问题似乎只有进入最近的那扇门，穿过陈列室和走廊去探视一番方能知晓答案，但是他有自知之明，他并没有这样的自由的权限，事实上他的一举一动都在监视之下。

两个西藏人脚步轻巧地穿过阳台，正在围栏附近闲逛。他们看起来心情不错，浑不在意地将彩色的袈裟松散地罩在裸露的肩头。低婉的锣声与唢呐声再次传来，康威听到其中一个人向他的同伴问了什么，另外一个人回道："他们把塔鲁埋了。"

康威对藏语的了解十分有限，只能听懂一点点，他希望他们能够继续聊下去，因为他无法从只言片语中收集到更多有效的信息。提问的人停顿了一下，康威听不到他的声音，但是对话仍在继续，只能听到答话人的声音，大致意思是：

"他死在了外面。"

"他听命于香格里拉的最高首脑班子。"

"他靠一只鸟驮着，蹿上云霄跨越群山归来。"

"那些外面的陌生人也是他带回来的。"

"塔鲁无惧外面的狂风,亦不怕外面的严寒。"

"即使他很久之前就已经出谷了,但是蓝月亮山谷的人始终记得他。"

谈话就此结束,康威也只能听懂这么多,又等了好一会儿,康威才回到了自己的住处。他今天听到的信息足以找到另外一把开启未解之谜的钥匙,而且整个过程是如此顺理成章以至于他都无法在自己的推论中找到任何破绽。这个想法也曾在脑中一闪而过,但当时只觉得太过荒谬无理,简直就是异想天开。可如今,当事实摆在眼前,他意识到这个看似不可能的,哪怕被认为是异想天开的念头,却让人不得不信以为真。那趟飞行的航程并不是一个疯子漫无目的妄图引人注目的癫狂行为。它是一场有策划、有预谋,由香格里拉发起并得以完美执行的行动。那些居住于此的人知晓并铭记那个死去的飞行员的名字。从某个角度来说,他就是他们当中的一员,他的故去被这里的人所悼念。所有的一切都证实这是一次目的明确的、高级的指令性行动,为了这个目的,他们绕了那么大一个圈,横跨如此漫长而遥远的时间和空间,那么,最终的目的究竟是什么呢?是什么样的理由值得将英国政府的飞机上偶遇的四个乘客匆匆劫持到喜马拉雅山脉这种荒僻至极的地方?

康威不免被这个问题惊呆了,但绝不是恼怒。他脑海中的思绪无比清晰,既然别无选择,那就做好准备迎难而上,何况他在内心里也愿意迎接这个挑战。他立刻做出了决定:对这个令人不寒而栗的惊悚发现一定要守口如瓶,既不能跟自己的同伴说,因为他不会得到任何助益;也不能跟这里的东道主说,他们更不会站在自己这边。

第六章

"我发现人活着就不得不学会适应恶劣的环境。"在香格里拉生活的第一个星期即将结束的时候,巴纳德不由得感慨道,无疑,这只是他吸取的众多经验之一而已。彼时,这一行人已经彻底安顿下来,习惯了每天的日常生活,而且在张的刻意关照下日子也没觉得那么难熬,顶多算是一次按例行事的度假罢了。他们都已经完全适应了当地的水土气候,发现只要避免劳神费力,精力还是相当充沛的。他们已经了解了很多常识:这里的白天比较温暖而夜里相对寒凉,喇嘛寺完全是个将一切凛冽的狂风都隔绝在外的避风港,卡拉卡尔山的雪崩大多在正午时分暴发,而谷内种植了品质优良的烟草,这里的食物和饮品更加可口宜人,他们每个人都有独特的口味和偏好。事实上,他们也发现了,他们就像一所学校新来的四名学生,只不过这所学校里的其他人都神秘地消失了,唯留他们四人而已。张不遗余力地粉饰太平,为他们营造一个惬意舒适的氛围。他永远是一副慈祥、谦逊、机敏的样子,安排远足旅行、提议消遣活动、推荐各种书目,在用餐时用自己慢条斯理且精致流利的言谈将每一次尴尬消弭于无形。他对待两类话题也是泾渭分明，大家愿意参与能够和谐相处的话题他总是谈兴颇浓，而后续会引起矛盾冲突的话题他则会尽量规避，大家对他的谈话方式都已经习以为常了，只有马林森还间歇性地放放冷箭。康威很乐意将这一点一滴的碎片化信息记在心里，填充到自己一直不断积累的数据库当中。巴纳德甚至对这位中国人用美国中西部那套迂回的方式开起了玩笑。"你知道吗？张，这是一个糟糕透顶的宾馆。你们这里难道没人送报纸过来吗？我愿意用你们藏书阁里所有的书换一份今天早上的《先驱论坛报》。"张总是一板一眼、严肃认真地回答他们的问题，不过也并非每一个问题都按常理出牌："我们有合订存档的《时报》，巴纳德先生，可以追溯到几年前。只不过，我很抱歉，那是伦敦的《泰晤士报》，并没有美国的报纸。"

  康威欣然发现山谷并不是"禁止入内"的，然而陡坡异常险峻，无人陪同是无法自行前往的。在张的陪同下，他们花费了一整天的时间游览那片站在悬崖边就能一览无余的绿色谷底，无论如何，对康威而言，这趟行程都是极具吸引力的。他们一路坐着竹制的轿椅，在悬崖绝壁边上险象环生地摇荡着，无论是开路还是殿后的轿夫都从容不迫、健步如飞地在陡峭的崖壁小路上行走。对于喜欢大惊小怪的人来说，这些根本就称不上是路。可当他们最终抵达低海拔山麓地带，从山脚向上仰望时，喇嘛寺的得天独厚便一览无余了。这个山谷是一处极其富饶封闭的风水宝地，几千英尺的垂直高度差横跨了温带和寒带。种类繁多的庄稼连绵不绝，没有留下一寸荒地。种植面积绵延数十英里，宽度从一英里到五英里不等，尽管狭窄，却得天独厚地享有一天中最充足的光照，即便没了光照，这里的空气也温暖适宜，哪怕灌溉土壤的冰冷溪水皆来自融化的雪水。可当康威向上凝视着鬼斧神工的山体崖壁时，那种感受再次袭来，眼前绝妙的景色中隐含着极致的诱惑和莫名的危险，若非这些天然的屏障，整个山谷无疑将是一片湖泊，环绕四周的高山冰川之水会源源不断地滋养它，而绝非眼前这副堪称环保工程师精心设计过的模样，几条小河及溪流蜿蜒而下汇入蓄水池，灌溉着连绵的田地和种植园。如果这个框架体系禁得住地震和山体滑坡的侵害，那整个设计构思可谓得到了造物主的垂青。

不过正是因为这种未来不可预测的倾覆之险，方能增添眼前景色整体的魅力。

康威被眼前的一切所征服，再次沉迷其中，正是拜这种独特的个性和通透的智慧所赐，让他在中国生活的这些年比其他人过得更加游刃有余。眼前微型的草地、没有杂草的花园、溪边涂了漆的茶馆、轻巧得如玩具似的的房屋，与四周环绕着的广袤山峦形成了鲜明的对比。在他看来，汉族与藏族的居民混杂居住，两种文化完美地融合在一起，形成了现今谷内的居民结构，而他们整体的相貌却比这两个种族都要干净俊美，可是这样一个小群落似乎没有受到近亲通婚造成的不良影响。

路过坐在轿椅上的陌生人时，他们尽情地欢笑着，友好地跟张打着招呼，他们秉性纯良温厚，谦逊豁达，且充满了好奇心，虽然手上做着繁多的工作，却并不忙乱。总体看下来，康威觉得这是他见过的最友善和谐的一个群落了。即便是布林克洛小姐，一直密切注视着是否有异教徒堕落的蛛丝马迹，也不得不承认一切从"表象"上来看，这里都很正常。她发现当地的土著居民衣着整齐，女人还穿着清朝式的束脚裤，暗自感到些许宽慰。她还调动自己相当丰富的想象力仔细观察几件佛教寺院的物品，只是发现了一点点可疑的生殖器崇拜的迹象。

张解释道,这个庙宇有自己的喇嘛,它并不从属于香格里拉,不受其约束,也无须遵守相同的清规戒律。沿着山谷一路走去,远一点儿的地方还有一座道观和一座孔庙。"正如宝石有很多个琢面,"这位中国人说道,"许多宗教都有其相对正确的一面。"

"我举双手赞同,"巴纳德发自肺腑地说道,"我从不相信教派之间水火不容的说法。张,你真是一个哲学家,我一定会铭记你方才的言论。'许多宗教都有其相对正确的一面。'你们山上的那些同道们一定都是大贤的智者,方才能够觉悟出这样的道理。你们也说得太精辟了,我深以为然。"

"不过,"张好似梦游般恍惚地应道,"我们也只是秉持着适度的肯定而已。"

布林克洛小姐不想再花费过多的时间和精力去探讨这种原则问题,在她看来这就是懒惰的标志。无论如何她都坚定不移地专注于自己的信仰。"回去之后,"她紧抿着双唇,"我一定要请求我们教会派一名传教士到这里来。倘若他们对这项开支有异议,我就磨到他们同意为止。"

她的话语间流露出积极向上的态度,即便是马林森平时对外国的传教机构不怎么赞同,也忍不住表达了钦佩之意。"他们就应该派遣你来,"他说道,"不过当然了,前提是你真的喜欢这样的地方。"

"问题是很难喜欢好不好,"布林克洛小姐反驳道,"正常人当然不会喜欢——怎么可能喜欢?但现在的问题是,此事是势在必行的。"

"我倒觉得,"康威说道,"如果我是一名传教士,相对其他地方,我更倾向于选择这里。"

"要是那样的话,"布林克洛小姐气恼道,"很显然,就没有功德可言了。"

"但我压根儿就没有考虑什么功德。"

"那可真是太可惜了。如果做一件事情,只是因为你喜欢,那就上升不到功德的层面。你看看这里的这些人就知道了。"

"可他们看起来似乎都很幸福。"

"你这么说倒也没问题,"她的语气染上了一丝羞恼,又补了一句,"不管怎样,我忽然觉得我应该从学习当地的土著语言开始着手。张,你能借给我一本这方面的书籍吗?"

张用悦耳动听的声音回道:"夫人,我当然乐意之极,我觉得无比荣幸。请恕我冒昧多嘴,我觉得这个主意真的棒极了。"

他们上山返回香格里拉的当天晚上,张就将这件事列为头等要紧的正事去操办。布林克洛小姐乍然间看到一部如此大体量的典籍,而且是由19世纪一位勤勉严苛的德国人编译的,忽然有点儿心虚(她本以为充其量是一种轻型的口袋书,比如"藏语速成"之类的),但是在这位中国人的帮助以及康威的鼓励下,她还是有了一个不错的开始,很快便提起兴致从学习中找到了异样的乐趣。

康威亦是如此,除了自身处境这样的谜之困惑,他也发现了一些感兴趣的事情。在阳光温暖和煦的日子里,他尽情地待在图书室和音乐室,进一步证实了他的猜想,这些喇嘛确实拥有卓越非凡的文化体系。他们的书籍涉猎广泛,品位奇高,从希腊的柏拉图到英国的奥马尔,从尼采的哲学到牛顿的力学,不仅有托马斯·莫尔,也有汉娜·莫尔、托马斯·摩尔、乔治·摩尔,甚至连奥尔德·摩尔的著作都应有尽有。康威粗略地估量了一下整个图书的体量大概在两万册到三万册,这越发诱使人想去猜测其选择书目的方式和购置的渠道。他也曾试图去弄清楚最新一次添加书目是什么时候，不过他没有发现还有晚于廉价再版的《西线无战事》的存在。然而后来有一次，张告诉他说还有一批20世纪30年代出版的书籍最终也会添加到这里的书架上，它们已经抵达喇嘛寺了。"你看到了吧，我们还是一直保持与时俱进的。"他总结道。

"还是有一部分人不会赞同你的观点的，"康威笑着回道，"你应该知晓，自去年以来，世界上发生了很多事情。"

"那不重要，我亲爱的先生，在1920年的时候它不见得能够预见，1940年的时候它也不见得被理解。"

"这样说来，世界所面临的最新危机你也不感兴趣喽？"

"我对此当然是极有兴趣的——只不过时机未到而已。"

"你知道吗？张，我觉得我开始有点儿理解你了。说真的，你称得上独树一帜，远非常人所及。时间对你并不像大多数人认为的那样重要。如果我身在伦敦，我绝不会想看一份哪怕是最新的却失去了时效性的报纸，而你在香格里拉只要看到一年前的报纸就满足了。这两种截然不同的态度在我看来似乎都是合乎情理的。顺便问一句，你们这里上次来客人是什么时候的事儿了？"

"康威先生，很遗憾，我不能说。"

他们的谈话总是以这样的结束语告终，而这样把话题聊死的情况远没有另外一种极端的现象让人感到聒噪：一旦张打开话匣子就开始倾其所学、滔滔不绝，似乎这个话题可以谈到地老天荒，这种情形时不时地就要上演一番。他开始对张有了好感，对他们见面次数的频繁增加也乐见其成，即便他仍旧对见不到喇嘛寺院职员这件事情迷惑不解，退一步说，就算喇嘛们神龙见首不见尾难以接近，可除了张有其他的见习执事吗？

有，当然有，那个娇小的满族姑娘就是。他有时在音乐室里能碰到她，但她不懂英语，他也不想暴露自己会说汉语这件事。他不能确定她是否只是单纯地享受陶冶情操的乐趣，或是以一个拜师学艺的学徒身份在练习。她的演奏整体表现出来的艺术情操都是极其庄重的，她选择的乐曲都是带有强烈个人色彩的艺术作品——比如巴赫、科莱里、斯卡拉蒂，偶尔也会弹奏莫扎特的作品。相对钢琴，她更偏爱羽管键琴，但是当康威去了之后，她会以严肃的态度和几近虔诚的心去聆听。别说猜不到她的内心世界，甚至连猜测她外表的年龄都相当困难。他不能肯定她究竟是三十岁以上还是十三岁以下，然而这很令人费解，无法区分辨别这两个年龄段，显然是不大可能的事，可事实就是这样。

马林森因为无聊透顶无事消磨时光的时候，偶尔也会来音乐室听上一听，他提出了一个有关于她的谜题。"我真的想不出她留在这里能做什么，"他不止一次跟康威提起这个话题，"要说这种喇嘛体制比较适合像张这样的老头子，但对一个小姑娘来说能有什么吸引力呢？我真想知道她来这儿多久了？"

"我也想知道，不过这应该属于我们不可能被告知的那类问题。"

"我觉得有一点是可以明确的，她并没有表现出任何不喜欢的样子来。"

"可她对这个问题也没表现出有任何喜欢的迹象啊。她看起来就像一个象牙做的小娃娃，而非一个有喜怒哀乐的人类。"

"不管怎么说，这看起来真是匪夷所思。"

"所言非虚，确实如此。"

康威笑了："马林森，你再仔细往下深思，你会发现远不止如此。毕竟这个象牙娃娃举止得体，有良好的衣着品位，相貌姣好，弹得一手好琴，也从不在室内像玩儿曲棍球一样四处乱窜。西方的欧洲国家，据我所知，也罕有具备这种德行的女性。"

"你对女人也太过吹毛求疵了，康威。"

康威对这种指责早就习惯了，实际上他并没有太多跟女性相处的经验，偶尔会去印度高地度假别墅区放松一下，其间他的吹毛求疵就成了大家公认的事实。实际上他跟女性朋友有过几段愉悦的过往，如果他肯开口求婚，她们是很乐意嫁给他的，但是他没有那么做。有一次就差临门一脚，都要在《晨报》上公示了，可那个女孩子不想跟他一起在北京生活，而他也不想去英国的坦布里奇韦尔斯定居，两人均不愿为对方妥协，姻缘就此告吹。时至今日，他虽然有过感情史，但都浅尝辄止、断断续续，最后无疾而终。但是他并非一个对女性有诸多要求的人。

他大笑着说道："我已经三十七岁了，而你才二十四岁。这就足以说明问题了。"

顿了一会儿，马林森突然问道："噢，对了，你说张应该多大岁数了？"

"不好说，"康威轻声回道，"大概在四十九岁到一百四十九岁，皆有可能。"

对初来乍到的人，与他们所能够了解到的其他信息相比，这种说法还是让人难以置信的。由于他们的好奇心时常得不到满足，每次当张愿意吐出大量真实的信息时，他们反而又开始将信将疑。张毫无保留地将诸如山谷居民之类的风俗习惯悉数相告，对此十分感兴趣的康威与张谈论的内容都足以作一篇有价值的学术论文了。

作为一个热衷研究事物的人，康威对山谷居民的管理模式尤为感兴趣，显然，事实证明它确实是一个张弛有度、灵活弹性的专制制度，只凭借喇嘛寺所宣扬的仁爱来维系。这无疑称得上是一个公认的成功典范，每一次下山尽收眼底的那片肥沃乐土，都足以证明这一点。康威感到很困惑，法律和秩序在这个地方究竟有何意义，这里既没有军队，也没有警察，然而就如此确定不需要为屡教不改、罪大恶极的人制定一些规章条例吗？张回答说犯罪的情况是非常罕见的，部分原因是只有极其恶劣的事情才会被判为犯罪，还有部分原因是每个人合理的愿望都会得到充分的满足。而最后所采取的终极手段是，由喇嘛寺专门的侍者强制将罪犯驱逐出山谷——而这，已被认为是一种最可怕的惩罚了，只有迫不得已时方才为之。但是张继续说道，维持蓝月亮山谷秩序的上上之策还是导人向善、培育良好的德行教养，让人们意识到何事才是"不可为之事"，倘若做了，他们就会失去社会地位，无法立足。

"你们英国人也在灌输同样的思想情感，"张说道，"就在你们的公共学校，不同的是，内容可能会有所差别。比如，我们山谷的居民认为对陌生来客不殷勤、人与人之间狠辣攻讦或者争名好利都是'不可为之事'。而你们英国的校长所热衷的一些模拟战争的游戏，在他们看来实在是太野蛮了，实际上是对低层次生理本能的一种纯粹的不负责任的刺激。"

康威询问张，难道就没有因女人而引发的争端吗？

"非常罕见，横刀夺爱会被认为是不道德的。"

"若是他非常强烈地想占有那个女人，压根儿就不在乎是否道德呢？"

"那么，我亲爱的先生，对另外一个男人而言将这位女士拱手相让就是善举，同时，这位女士也心甘情愿的话。康威，你一定觉得这太不可思议了，其实一次小小的谦让足以化解方方面面的实际问题。"

康威在参观山谷时确实感受到了一种知足常乐的友好气氛，他的心情越发舒畅，因为他知晓在所有的人文学科中，管理艺术是很难达到尽善尽美的。

当他说出赞美之词的时候，张却说道："啊，但是你也晓得的，我们坚信完美的管理是无为而治。"

"你们没有任何民主的机制吗？诸如选举等？"

"噢，没有。若是我们公开宣布哪项方针政策绝对正确，而另外一种绝对错误，那我们谷里的居民绝对会震惊不已。"

康威笑了，他发觉自己居然对这种处世态度产生了同情。

与此同时，布林克洛小姐从藏语的学习中得到了满足；马林森依旧焦躁不安、抱怨连连；巴纳德却一如既往地冷静沉着，不管他是真的，还是装模作样的。

"跟你说实话吧，"马林森道，"那家伙那么快活让我厌烦透了。我知道他在嘴硬，但他没完没了地开玩笑让我心烦意乱。如果我们不防备他，他就会替我们拿主意，成为我们这些人的头儿。"

康威暗地里不止一次地揣测，那位美国人之所以能够静下心来表现出一派不为外物所扰的安逸闲适，他的倚仗是什么。他回道："他如此处变不惊，对我们来说难道不是一件幸事吗？"

"要我说，事出反常必有妖。康威，你了解他吗？我的意思是，你知道他是谁吗？"

"不比你了解得多。我大概知道他是从波斯来的,可能从事石油勘探方面的工作。他为人处世的风格就那样,总是漫不经心的——当时统筹安排飞机撤离时,为了说服他跟我们一起走,我费了好一番周折。直到我跟他说一本美国的护照挡不了枪子,他才同意撤离。"

"那你看过他的护照吗?"

"应该是看过的,但我记不太清了,怎么了?"

马林森笑了:"可能你会觉得我咸吃萝卜淡操心,跟我又没关系。如果有什么秘密的话,在这个地方待两个月肯定就藏不住了。你听着,这事儿纯粹就是个意外,自打事发以来,我从来没跟任何人透露任何一个字,我甚至都没想过要告诉你,不过既然我们已经谈到了这个话题,我干脆就告诉你吧。"

"当然没问题,但是你到底想对我说什么。"

"是这样的,巴纳德用的是一张假护照,他根本就不叫巴纳德。"

康威不动声色地蹙了蹙眉。巴纳德这个人不错,能在某种程度上激起他的情绪波动,他完全不在意他究竟是不是巴纳德。康威说道:"那你觉得他是谁呢?"

"他是查尔莫斯·布赖恩特。"

"真是活见鬼了!你怎么会这么认为?"

"今天早上他掉了一个本子,张捡到后把它交给了我,他以为那是我的。本子里居然夹满了剪报——我接过来的时候没拿住掉了几张出来,我忍不住看了一下,我不否认我确实把所有的剪报都看了一遍。毕竟剪报也不是什么私密性的东西,更谈不上隐私。我看到上面都是关于布赖恩特和通缉他的报道,其中有一张还附上了照片,除了胡子,绝对跟巴纳德一模一样。"

"你把这事跟巴纳德本人提了吗?"

"没有,我只是把东西还给了他,一个字都没说。"

"所以整件事情只是你单方面凭报纸上的一张照片下的定论?"

"嗯,目前的确是这样的。"

"我觉得我们不应该仅凭这个就给他扣上罪名。当然你的猜测也许是对的——我不是说他绝不是布赖恩特。倘若他是,那就解释得通了,他为何会一直抱着既来之则安之的态度——他再也找不到比这里更好的藏身之地了。"

马林森似乎有点儿失望,他原本以为这是一个爆炸性的大新闻,可康威听了只是满不在乎地说了几句不痛不痒的话。"既然你都知道了,接下来你打算怎么办?"他问道。

康威沉思了片刻,反问道:"我还没有拿定主意。可能什么都不做。不然能怎么办?"

"真是见了鬼了!如果他真的是布赖恩特……"

"我亲爱的马林森,哪怕这个人是古罗马暴君尼禄,现在跟我们也没什么关系!圣人也好,骗子也罢,只要我们人还在这里,就要尽可能维系彼此的友好关系,现在摊牌站队不利于事态的发展。如果现在还在巴斯库尔,如若我对他的身份有所怀疑,我一定会尽量与印度德里那边取得联系,做一番调查——毕竟那是公务职责所在。不过现在,我可以堂而皇之地卸下身上的包袱。"

"难道你不觉得你对待这件事过于敷衍了吗?"

"我不介意敷衍与否,只要它够实际。"

"如果我没理解错的话,你这是建议我忘记这一切,当作什么都没发生过?"

"你可能做不到,但是我真心希望这件事情的讨论只限你我二人之间。不管他是巴纳德也好,是布赖恩特也罢,或是其他任何人,这一切都是为了让我们离开的时候,不至于陷入过于尴尬的境地。"

"你的意思是我们就这样放过他了?"

"好吧,那我换一种方式来讲,我们应该把逮捕他这种荣幸的机会让给其他人去做。当你与一个人友好地相处了几个月,而一旦离开就要给他戴上手铐,这有点儿说不过去。"

"我可不这样想,这个人干的可不是小事,他是一个名副其实的大盗。我知道好多人都是因为他而倾家荡产。"

康威耸了耸肩。他非常欣赏马林森非黑即白、爱憎分明的道德准则,公立学校的道德准则虽然比较简单粗暴,但胜在泾渭分明。如果一个人犯了罪,每个人都有责任和义务将其绳之以法——时刻牢记法律的准绳不容触碰。而且法律同样适用于支票、股票、资产负债表等金融犯罪,布赖恩特违反的就是这一类,属于性质极其恶劣的那类犯罪。即便康威对此知之甚少,也听闻过纽约庞大的布赖恩特集团投资失利造成了一亿美元的亏损——堪称旷世之灾的金融股市崩盘。虽然康威不是金融专家,但是他猜测布赖恩特一定是耍了某种手段将华尔街搅得乌烟瘴气,因此招来了一张逮捕令,被迫逃亡欧洲,有五六个国家针对他发出了引渡令。

最后,康威说道:"好了,如果你肯听从我的建议就不要再提这件事情了——不是为了他而是为了我们自己。当然了,怎么做还要看你自己,不过你别忘了还有一种可能,他压根儿不是那个布赖恩特。"

不过他确实是布赖恩特,这个真相在当天晚餐后便曝了光。彼时,张已经离开,布林克洛小姐继续与藏语语法奋力搏斗。三个流落至此的异乡人喝着咖啡，抽着雪茄彼此静默无言。晚宴时若非殷勤和蔼、老练圆通的张一直在调节气氛，不知道要陷入几次冷场。随着他的离席，尴尬的沉默迅速蔓延开来。巴纳德这一次并没有开玩笑。康威心里清楚，让马林森对着那个美国人佯装一副若无其事的样子本就是强人所难，但他同样知晓巴纳德肯定已经敏感地察觉到了异样。

突然，这位美国人扔掉了手中的雪茄："我猜你们肯定都知道了我的身份。"他直截了当地说道。

马林森的脸顿时像女孩子一样染上了窘色，康威却以平静的语调回复道："嗯，没错，我和马林森猜到了。"

"该死的，我真是太粗心大意了，居然四处乱丢那些剪报。"

"谁都有疏忽大意的时候，这很正常。"

"不错，你们知道后居然可以如此冷静沉着，真是了不起。"

又是一阵沉默，最终还是布林克洛小姐那尖锐的声音打破了沉寂："我确信我并不知道你究竟是什么身份，巴纳德先生，尽管我不得不承认，这一路走来我一直在猜测你应该是匿名出行。"他们都怀疑地看向她，她继续道："我记得康威当时说我们的名字都会登报的时候，你说这于你无碍。那时候我就想，巴纳德应该不是你的真名。"

这位金融罪犯又点燃了一根雪茄，嘴角缓缓地勾起了一抹苦笑。"女士，"他最后说道，"你不仅是一位聪明睿智的侦探，而且你还设身处地为我着想，并为我找了一个冠冕堂皇的说辞，我是在匿名出行。你已经戳破了这一点，而且你说得一点儿都不错。至于你们两位兄弟，对你们已经发现了我的身份这件事情我一点儿都不惋惜。只要你们没有发现任何蛛丝马迹，我们就能够装作若无其事的样子相处下去，可事已至此，再跟你们装腔作势、故弄玄虚下去就显得太不厚道了。你们大伙儿都对我那么好，我本来也不想惹是生非给大家添麻烦。而现状似乎是前途未卜，我们将在未来相当长的一段时间里联结在一起，尽可能地互帮互助，共担风雨。至于将来会怎么样，我觉得将一切交给时间顺其自然就好。"

巴纳德的这番话在康威听来是相当睿智理性的，他盯着巴纳德，越发觉得两人秉性相合，尽管这时候心底生出由衷的欣赏确实有点儿异样的古怪。难以想象那样一个看起来颇为稳重的、胖乎乎的、长着一张慈父脸的幽默男子居然是一个世界级的大骗子，想想就觉得荒谬。

他看起来就像那种稍加培训就能成为预科学校一名颇受欢迎的校长。从他乐天派表象的背后隐约能看到新近的担忧和焦虑，但那并不意味着他的幽默快乐是伪装出来的。不言而喻，他就是那种世人眼中的"老好人"，平日里生性无害似羔羊，但在专业领域里却表现得凶猛如鲨鱼。

康威说道："你说得对极了，这就是目前最好的解决办法，我确定。"

巴纳德爽朗地笑了起来，他似乎拥有更深层次的幽默感，直到此时方才发挥出来。"天哪，太不可思议了！"他舒展开紧绷的身体靠在椅子上感叹道，"我是说整件倒霉的事情。一路横跨欧洲，从土耳其到波斯，再到那个偏僻小镇！警方一直追在我身后，你知道吗？他们差一点儿就在维也纳逮到我了！一开始我确实觉得这样的追逐真是刺激，可日子久了就变成了惊弓之鸟。直到巴斯库尔，我紧绷的神经方才松懈下来，我原本以为我藏身于混乱的革命区才是安全的。"

"你说得的确不错，"康威面上挂着浅笑道，"若是没有不长眼睛的子弹。"

"可不是嘛,这也是最终让我纠结、犹豫的原因。我只能跟你说那绝对是一个相当艰难的抉择——是留在巴斯库尔被子弹射杀,抑或是接受你们政府官方安排的飞机去终点接受一副手铐。哪一种选择都非我所愿。"

"两者你都不愿意,那种情景我还历历在目。"

巴纳德再次笑道:"是吧,当时情况就是这样,这下你能弄明白为什么飞机改变航线把我带到这里,而我却一点儿都不担心了吧。那是我心头最大的隐秘,不过,就我个人而言,再也找不到一个比这里更好的地方了。我满意都来不及,哪里会抱怨发牢骚呢。"

康威那发自肺腑的笑容越发地热忱:"尽管我觉得你有点儿夸张了,却不失为明智之举。之前我们一直都在琢磨你是如何做到如此泰然自若的?"

"是吧,既来之则安之。你若在这里待习惯了,就会觉得这根本算不上穷山恶水。初来乍到确实让人感到寒气刺骨有点儿吃不消,但世界上的好事儿不可能都被你一人占尽。何况这里美丽安宁、岁月静好,若想尝试做一次改变也不错哦。每年秋季我都会去佛罗里达州的棕榈海滩静修疗养,但是那些地方让你仍旧身处喧嚣之中,根本给不了你想要的安宁。我猜我已经找到了能够达到医生要求的地方,这里让我身心放松,怡然自得。我如今享有完全不同的饮食习惯,看不到股市行情的任何报表信息,我的经纪人也无法通过电话找到我。"

"我敢说他一定非常希望能够找到你。"

"你说得没错。不过是一个数额比较大的投资失利问题亟待澄清而已,这一点我再清楚不过了。"

看他一派轻松随意的样子,连康威都忍不住出言挖苦道:"我并非人们口中所谓的高额融资专家,所以你不用这么……"

这话直击要害之处,可这位美国人丝毫没有任何负担地便接受了。"高额复杂融资,"他愤愤地说,"通常都是胡说八道。"

"我也一直对其持怀疑态度。"

"听着,康威,这么跟你说吧。一个人已经在这个行当里游弋了好多年,还有很多人也一直在这个行当里潜水,可是有一天,市场行情突然变得对他很不利。他虽如逆风中的小船,却仍旧抱定决心等待转机的到来。但不知为何,拐点并未像往常那样如约而至,力挽狂澜,当他已经亏损了大约一千万美元的时候,他看到了瑞典的教授在报纸上发表的世界末日论。你平心而论,那种预测对市场的起色可能会有助益吗?无可否认,这让他感到雪上加霜,但是他真的无力回天。如若他束手就擒继续傻等下去,等来的只能是警察。而我显然不会坐以待毙。"

"照你这么说,这一切都该归咎于时运不济了?"

"那可不,我本应该拥有一笔巨款的。"

"别忘了,那些钱里也有别人的。"马林森尖酸地插话道。

"说得倒也不错。你知晓这是为什么吗?因为他们只想不劳而获,自己又没有经济头脑能让钱再生钱。"

"我可不这么觉得。那是因为他们信任你,认为把钱放在你那里比较安全。"

"好吧,其实它不安全。它不可能安全。无论放在哪里都不保险,他们的想法幼稚得好比一群笨蛋在台风来临之际妄图躲在雨伞下避难一样。"

康威平静地接过话头:"好吧,我们都承认你确实无法阻挡台风的来势汹汹。"

"我甚至连装出试图挽救的样子都做不到——这不亚于我们离开巴斯库尔后你所面对的情况,做什么都是徒劳的。那时我在飞机上看着你全程保持着冷静,而马林森却在一旁焦躁得坐立不安。当你心里清楚无论做什么都无济于事时,索性就彻底放下,完全不用在意了。彼时,金融风暴以雷霆万钧之势迎面冲击而来时,我的感受就是如此。"

"胡说八道!"马林森尖叫道,"你那是助纣为虐,落井下石!问题是你玩游戏就应该遵守游戏的规则。"

"当整个游戏都濒临崩盘的时候,遵守游戏规则简直就是天方夜谭。更何况,这个世界上从来就没有人知道规则是什么。哈佛和耶鲁大学的教授也不能告诉你。"

马林森轻蔑地反驳道:"我说的只是日常生活中做人最基本的行为准则。"

"那我猜你的日常行为准则应该不包括经营信托公司吧。"

康威连忙介入其中进行调停。"好了,我们都别争了。我不反对你将你所经历的大事件跟我的状况进行类比。不可否认,不久前我们还在盲目地飞行,不管怎么说二者确实有一拼。但现在我们已经在这里了,这才是重点。我也很赞同你所说的,我们确实很容易变得怨天尤人。静下心来往深里细想,这极不寻常,茫茫人海中恰巧是我们四个人意外地搭载了这架飞机被劫持到千里之外,而且其中有三个人在这趟旅程中多少都找到了些许慰藉。你想要一个静修疗养的藏身之地;布林克洛小姐感受到了主的召唤,来给异教徒的西藏人传播福音。"

"照你这么算,第三个人是谁?"马林森插话道,"我希望不会是我吧？"

"我把我自己算在内了，"康威回答道，"而且我个人的理由可能是这当中最简单的一个——我只是单纯地喜欢待在这里。"

这场对峙并没有持续很久，当康威与以往每一个清冷孤寂的夜晚一样徜徉在露天平台和莲池旁时，他感受到了一种玄妙的气氛，那气氛令他的身心毫不设防地浸润其中。他是真心喜欢待在香格里拉，绝非随口说说的虚言。这种由神秘营造的氛围能够奇迹般地抚慰人的心灵，让所有的感官都舒畅无比。这些时日以来，他一直致力于尝试逐层揭开喇嘛寺和当地居民所覆盖的神秘面纱，他的大脑一直在超速运转，而内心深处却仍是一派镇定自若。他就像一位解着深奥谜题的数学家——虽日日烦忧不得解，却异常的客观冷静。

至于布赖恩特，他决定仍把他视作巴纳德来看待，并以此称呼他，关于他的金融犯罪以及他的真实身份等问题很快便淡去了，唯留他的那一句——"整个游戏都濒临崩盘"。康威发觉自己的脑海里一直回荡着这个声音，其造成的影响之广、意义之深绝对超出那位美国人的预期。他隐隐觉得它并不限于美国的银行和信托公司的经营管理，还适用于巴斯库尔、德里和伦敦，战争的发起和帝国的建造，领事馆的贸易特许权以及总督府邸的晚宴；一想到他所历经的凡世到处充斥着覆灭的气息，而巴纳德的意外惨败可能只是比他自己的磨难更戏剧化而已。整个游戏都面临着崩盘，幸运的是，游戏玩家通常不需要为无法扭转颓势而遭受审判。在这一点上，金融领域的投资者们就不那么幸运了。

但在香格里拉这里，万物岑寂。无月之夜的苍穹星光熠熠，淡蓝色的光韵倾泻于卡拉卡尔的天际。康威恍然意识到倘若计划有变，外面来的脚夫即刻到达,他也不会因为无须再等下去而过度高兴,巴纳德也不会。他心里不禁莞尔,这真的很有意思,他突然发现他依旧欣赏巴纳德,否则他就不会觉得有趣了。不管怎么说,一个亿的亏损对任何人来说都是难以承受之重,足以封掉他所有的退路将其送上审判台。如果他只偷了别人的一块表,那就好办了。毕竟,哪里有人能够承担一个亿的亏损呢?可能就某种意义而言,也只有内阁大臣可以不甚在意地宣称就当作"无偿援助印度"了吧。

继而,他又一次想到,什么时候才能随同送货返程的脚夫们一起离开香格里拉。他遐想着那将是一个漫长而艰辛的旅程,最终将抵达锡金或巴基斯坦某种植园主的小木屋——那时他该是多么欣喜若狂,但也会有些许的失落吧。接着就是和主人家初次见面的握手和寒暄,在俱乐部的露天阳台觥筹交错;那些被太阳晒成古铜色的脸上挂着好不容易才隐藏起来的几抹怀疑的神色。而在德里,毋庸置疑,他一定会得到总督和统帅的约见晤谈,接受戴着头巾的仆人行的额手礼;没完没了地撰写、呈递报告。甚至回到英格兰,去白厅走一遭也不是没可能;P.&O.号豪华邮轮的甲板上耍上两把过过牌瘾;政务副部长那乏善可陈的亲切接见;通篇一律的新闻采访;女人们猛烈的、揶揄的、饥渴似的叫喊声——"这是真的吗?康威先生,你在西藏的时候真的……?"但有一点是千真万确的,他绝对可以凭借这个离奇的故事连续一个季度被人轮番邀请去吃饭。但这些是他内心深处真正想要的吗?他想起戈登在喀土穆时,在生命最后的日子里写的一句话——"我宁愿像救世主马赫迪那样过着苦行僧一样的生活,也不想在伦敦的每个夜晚去赴一个索然无味的宴会。"康威的排斥并没有那么强烈,只是一想到要讲述自己曾经的过往就觉得非常无聊,间或还有些许淡淡的伤感。

蓦地，在他遐思翩跹之际，恍然意识到张的脚步近了。"先生，"这位中国人率先开了口，原本沉稳柔和的声音此时轻快了几分，"我非常荣幸地带来了重要的讯息……"

难道是脚夫们比约定的时间提前到来了？康威的脑海里一瞬间闪过这个想法。最近他的思绪实在太过反常。鉴于心理还没有做好建设，便蓦地抽痛了一下。"怎么了？"他问道。

张的样子看上去非常激动。"亲爱的先生，恭喜你，"他继续道，"我实在是太高兴了，这当中多少也有我的几分贡献——经过我多番强烈的建议，活佛终于决定立刻召见你。"

康威的眼里写满了诧异："你今天的话不像往常那样清楚明白，张，究竟发生了什么事？"

"喇嘛的最高首领——我们的活佛，让我来请你。"

"这么说我就明白了。但为何要如此大惊小怪？"

"因为这种事情极不寻常，而且史无前例——即便我一力主张、竭力促成此事，也从未抱有太多幻想这么快就成了。你才来了两个星期就被活佛召见！这可是前所未有的！"

"我还是很困惑。我要拜见你们的活佛——这一点我已经弄明白了。但除此之外，还有别的吗？"

"难道这还不够吗？"

康威笑道："绝对够了，我向你保证——别多想，是我失礼了。实际上，刚刚我脑子里想的是完全不同的事情，不过，现在不用考虑了。当然了，我非常荣幸，并且很高兴能够见到那位先生。定在什么时间见面呢？"

"就现在。我就是被派来带你去见他的。"

"是不是有点儿晚了?"

"这无关紧要。我亲爱的先生,你很快就能明白很多事情。也请原谅我表达一下我个人的心情,这段时间以来的尴尬的局面终于要结束了。相信我,每每拒绝回答你的问题时,我都十分不快。当我知悉那种大煞风景的搪塞再也不会出现时,我实在是太高兴了。"

"你真是个怪人,张,"康威回道,"甭管那些了,你不用再解释,咱们这就走吧。我已经做了充分的准备,十分感谢你替我说好话。前面带路吧。"

第七章

　　康威面上不动声色地在张的陪伴下穿过空荡荡的庭院，他内心的热忱和渴望却越发强烈。如果张的话意有所指，那么真相呼之欲出，他很快便能知晓自己那些尚未成熟的猜测是否如表面上看起来的那样绝无可能。

　　除此之外，这也是一次极具吸引力的会面。他曾经因为工作的关系见过许多秉性各异的首领，他都以超然物外的态度视之，眼光毒辣敏锐，通常都能准确地评价他们。他还有一个宝贵的天赋，就是在外交谈判的过程中总是能够驾轻就熟地运用各种语言，哪怕他对所使用的那门语言并不精通。可是这一次，他却只能当一个静静的聆听者。他注意到张领着他走过的这些房间都是他之前从未来过的，灯笼发出朦胧的光，使房屋显得越发可爱。接着，他们走上一段螺旋式的楼梯，来到一扇门前，张上前敲门，敲门声尚未落下，里面的藏族侍者便迅速开了门，这让康威怀疑他是不是一直候在门口。

　　这片区域是寺院中相对较高的楼层，装饰的雅致程度丝毫不逊于其他地方，但这里给人最直观、最强烈的感觉就是干燥闷热，好似所有的窗户都关得死死的,某种蒸汽加热的设备还不停歇地开足了马力。随着他迈步向前,凝滞燥热的感觉越来越强烈,张终于在另一扇门前停下,如果身体的直觉还可以判断的话,那么这里可能会被认作是一间土耳其浴室。

张向康威耳语道:"活佛要单独接见你。"待康威进去之后,他便轻手轻脚地关上了门,悄无声息地独自离开了。

康威迟疑地站在原地,深吸了一口气,周遭不仅空气燥热凝滞,而且幽暗异常,好半响,他的眼睛方才适应了昏暗。渐渐看清了这个举架不高、挂着黑色帷幔的房间,室内只有简单的桌椅陈设。其中一把椅子上端坐着一个人,那人身材瘦小,苍白的脸上布满了皱纹,他一动不动地坐在阴影中,好似一幅用明暗对照法绘制的古老人物肖像,因时间久远而褪了色。如果世间真的有超现实的存在,那肯定就是眼前这副模样,一种灵魂超脱了肉体凡胎所散发出的典雅庄严的气息。

康威对自己无比清晰的感知感到十分诧异,他想弄清楚这一切是否真实,抑或只是因周遭浓郁昏暗的凝滞闷热而产生的一种幻觉。在那双古老深邃的眼眸的凝视下,他茫然不知所措,向前走了几步,便停住了。椅子上那个人的轮廓变得清晰了一些,那几乎称不上是一具血肉之躯;他是一位瘦小的老人,身着汉服,衣服的褶皱和衣摆松松垮垮的,无力地罩在他矮小扁平的骨架上。

"你就是康威吧?"他用一口纯正的英国腔低声问道。

那声音亲切得仿佛能够洗涤人的心灵,触及人内心深处最柔软的忧思,令人坠入真福八端的福音幻境;这让康威再次怀疑人生,但他还是宁愿将此归咎为气温在作祟。

"是的。"他答道。

那声音继续道:"很高兴见到你,康威先生。我请你来是因为我觉得我们应该坐在一起聊聊。请坐在我的身旁,不要怕。我只是一个老人,不会对人造成什么伤害。"

康威回道:"有幸被您邀请,对我而言是极大的荣幸。"

"十分感谢,我亲爱的康威——按照你们英国人的方式,我应该如此称呼你。正如我刚才所言,对我来说,此刻是极为难得的愉快时光。我的视力不好,但相信我,我澄明的心能够替代我的眼睛清晰地看到你。如果不出我所料,来到香格里拉的这些日子,你过得还算舒坦吧?"

"过得极好。"

"我很高兴。不可否认,张竭尽全力为你们做了最好的安排。这也是他的一种极大的乐趣。他跟我说,你问了许多与我们这个群体和事物相关的问题,对吧?"

"我确实对这些事情很感兴趣。"

"既然如此,若是你能够容我点儿时间,我会十分乐意给你简单介绍一下我们这里的基本情况。"

"那我真是不胜感激。"

"那也是我心之所愿……不过不急,在这之前……"

他极其轻微地动了动手,康威尚未弄清他是通过什么样的方式进行传唤的,立即便有一个侍者走过来,开始准备饮茶的一应雅致器具。晶莹剔透、玲珑小巧的茶盏盛着无色的液体被置于涂了清漆的托盘之上,熟知饮茶礼仪的康威正色以待,绝无半分轻慢之意。刚才中断的声音继续道:"看起来,你很熟悉我们的待客之道?"

康威抑制住心底的激动,答道:"我在中国待过一些年头儿。"

"你没有跟张提起过？"

"是的，没提过。"

"既然如此，为何对我例外？"

康威对自己这种没来由的冲动也感到困惑不解，但此时此刻，他根本想不出任何解释的理由，最终他答道："坦白说，我根本摸不着头脑，就是一种本能，我就是想告诉你，没有为什么。"

"我确信对即将成为好朋友的人来说，这绝对是最棒的理由……现在跟我说说，这茶称不称得上清香可口？中国的茶种类繁多，芳香各异，但这茶是我们谷中的特产，在我看来，比起其他品种它毫不逊色。"

康威将茶盏举至唇边，细细品味。这茶初入口时清冽淡雅，玄妙得难以言表，却未停留在舌尖，随后醇香萦绕，回味无穷。他赞道："口感相当不错，味道也很独特。"

"是的，我们谷中还盛产许多药草，都是极为罕见而珍贵的。当然也都应该细细地品尝、慢慢地回味——不是单纯对仪式感的敬畏和赞叹，而是最大限度地获得精神上的愉悦和享受。这是我们从中国晋代的顾恺之身上学到的宝贵经验。他吃甘蔗的时候，每次都是先吃尾段，后吃汁多味美的精华段，对此他解释道：'我劝诫自己凡事都要渐至佳境。'你读过这些经典的中华古代文集吗？"

康威回道，他略知一二。他知晓按照正常礼节，这种引经据典的谈话将一直持续，直至将茶具撤走方才告一段落。可是他却一点儿都不觉得烦，尽管他内心对聆听香格里拉历史的渴望更强烈。毫无疑问，他也在一定程度上受了顾恺之渐入佳境理念的影响，无意中也不自觉地学到了几分。

喝完茶后，活佛又打出一个神秘的手势，侍者蹑手蹑脚地进来收拾完茶盏便退了出去。活佛没有再赘言，直奔主题道："我亲爱的康威，你大概已经了解了西藏历史的概况。张说你经常泡在藏书阁，我相信你已经研读了那些粗略却极其有趣的历史。你可能发现了，中世纪时聂斯托利派基督教在亚洲传播甚广，直至它衰亡之后对后世的影响仍相当深远。17世纪，一场基督教复兴运动从罗马开始掀起，那些英勇的耶稣会传教士经历的旅程，在我看来，绝对要比你在圣保罗的书上读到的精彩得多。渐渐地，基督教教会扩张了版图，这在当时着实是不凡的成就，可至今也未被很多欧洲人知晓的是，在中国西藏拉萨境内有一个基督教会的使团已经存在了三十八年之久。然而，在1719年，有四位嘉布遣会修士并非从拉萨而是从北京出发，深入内陆腹地去搜寻是否还存有聂斯托利教派的余部。

"他们一路向着西南方走了数月，曾一度到达兰州和青海湖，其间历经的艰辛困苦你应该能够想象得到。有三个人死在了途中，而第四个人与死亡擦身而过时，误打误撞地跌入了崖谷的隘口狭径，而那里至今仍是蓝月亮山谷唯一的进出通道。彼时眼中见到的一切令他喜出望外，他发现了一个友好睦邻、繁荣兴旺的族群。人们忙不迭地向他展示出我一直视之为我们古老传统的风俗——殷勤好客。很快，他痊愈了，开始布道传教。人们虽是佛教徒，但也愿意聆听他的宣讲，因此他的传教事业也算是小有所成。那时，这座山的悬崖岩架上还有一座古老的喇嘛寺，寺庙破旧不堪，教派的传承亦呈败象，而随着嘉布遣会修士的声望日益提高，他有了一个想法——在那块风水宝地上建一座基督教的修道院。在他的督建下，古老的建筑被修复重建，焕然一新，而他也在此定居下来。那是1734年的事儿，他正值五十三岁。

"现在让我多给你讲讲这个男人的故事吧。他的名字叫佩罗，出生于卢森堡。在他将毕生的精力都奉献于赴远东传教这项事业之前，他已经先后在法国的巴黎、意大利的博洛尼亚等大学进修过。他是一位学者。现存关于他早年生平的记录比较少，但对他那个年纪和所从事的职业来说，并没有什么特别之处。他喜爱音乐和艺术，尤其在语言方面极具天赋，在他找到自己的终生事业之前，已经遍尝了人生百味。马尔普拉凯战役爆发的时候，他正值青年便亲历了战争的恐怖，目睹了武装侵略的残暴。他的身体锻炼得非常健壮，在这里的第一年，他像其他男人一样身体力行，辛苦劳作，打理自己的花园，在虚心向当地居民请教的同时，也教授给他们自己所拥有的知识。他在山谷一带发现了金矿，但并没有为之所惑，反而对当地的植物和药草产生了浓厚的兴趣。

"他为人谦逊，绝无狭隘之心。他反对一夫多妻制，但也找不出理由去抨击时人对坦噶斯莓果的追逐和喜爱，这种莓果之所以盛行是它温和的麻醉效用。实际上佩罗自己也有点儿上了瘾。这就是他的处世之道，他乐于接受本土生活所提供的一切无害而令人愉悦的物质享受，并回馈于西方最珍贵的精神财富。他不是一个禁欲的苦修者，他乐于享受世界上的美好事物，时常教授他的信徒烹饪美食，耐心细致得与回答教义时一般别无二致。

"我想让你了解他是一个非常真诚、勤劳、博学、朴素，充满热忱的人，背负着教士传道的职责，却一点儿都不介意穿上泥瓦工的衣服，亲自帮助人们建起这些屋子。那当真是一个巨大的工程，只有他的豪情和坚毅才能够完成。我说他有豪情，是因为一开始便有一个坚不可摧的信念在驾驭着他——那信念源于他对自己宗教的信仰，既然释迦牟尼能使他的佛教徒在香格里拉的岩架上建造一座寺庙,那么罗马的基督教也不遑多让。

"但是随着时间的推移,当时那种强烈的初衷自然而然地便退却了,心态变得越发宁静平和。竞争终归是年轻人的追求,当他的修道院全部修缮完毕时,佩罗已经相当老迈了。你应当考虑到一点,从严格意义上来讲,他本身并非一个按规矩行事之人,但由于他的教会上级远在千里之外,甚至一来一往要以'年'而非'英里'来计算,因此他做事的自由度被无限延展。可山谷中的人们和僧侣们并没有那些顾虑,他们热爱他,追随他,时光荏苒,他们也对他产生了敬仰之情。

"每隔一段时间,他照例派人去北京给主教送去一些报告,不过通常情况下他们都无法顺利抵达。据推测,捎信之人多半都死在艰辛的旅途中了,佩罗也不希望再拿他们的生命去冒险,大约在19世纪中叶之后他便放弃了这一惯例。然而他早期的信件一定有成功送达的,他汇报的教会活动引起了上级的质疑,因此在1769年,一位陌生的来客带来了一封主教写于十二年前的批示,其中有一道命令是召佩罗前往罗马。

"若是信件没有被耽搁十年,他应该在七十多岁时接到这道命令,可时过境迁,他已经是八十九岁高龄了。若是以如此年迈之躯翻山越岭,于高原山地之中长途跋涉那是根本不可能的,他再也不能承受蛮荒之地那漫天肆虐的狂风和凶猛狂暴的冰寒。因此,他以谦恭的口吻写了一封回信解释了时下的困境,不过并没有相关记载证明他的这封信真的翻越层峦叠嶂,走出了千山万壑。

"因此佩罗仍旧留在了香格里拉,这并非他罔顾上级命令,实在是因为他的身体状况无法满足履行召令的条件。不管怎么说,他都是一位风烛残年的老人,死亡之镰悬于他的头上,随时会收割他的生命,连同他那不合常规的行为。

"时下,他曾建立的制度已经开始发生微妙的变化。这听起来有些可悲,不过真的没什么值得惊讶的,你不可能指望一个孤立无援的人能够凭借一己之力根除一个时代的风俗和传统。当他力有不逮之际,并没有西方的同事施以援手固守他的成果,而且在原有的旧址上构筑新秩序,这本身很有可能就是一个错误,毕竟旧址曾经打下过极其深远而迥异的时代烙印。这个要求过高了,若是指望一个已经九十多岁的白发苍苍的老人意识到这个错误是由他造成的,是不是更加过分?无论如何,佩罗并没有意识到这一点。他的年岁太高了,而且过得很快活。他的追随者即便已然忘却了他的教诲,但对他本人却极其忠诚,山谷中的人们依旧推崇他,对其恭敬有加,虽然人们渐渐回归了从前的宗教习俗,但是越发安逸的他对他们的背弃选择了宽恕。

"他的思维依旧活跃,保持着罕见的敏锐度。当他九十八岁的时候,开始研究香格里拉从前的主人遗留下来的佛教经义,而他打算用余生的精力来写一本以正教信仰的立场和观点去抨击佛教的著作,实际上他已经完成了这项工作,我们有他完整的手稿。但是其中的驳斥也变得十分温和,因为他那时已经整整一百岁高龄了——那是一个看破红尘的年纪,一切锋利的讥讽都随风消逝了。

"说到这儿,你可能猜到了,他早期的信徒都已经死去,坚持遵守嘉布遣会修士旧规的居民数量持续减少,基本到了后继无人的地步。从一度八十多人减少到二十个左右,继而只剩下十几个,他们大多数已十分老迈。佩罗的生命此时步入了一种安宁平和的境界,默默地等待最后一刻的到来。他活得太久了,已经不在意疾病的痛苦,人生没有什么遗憾。如今只有永恒的睡眠能够带走他,他一点儿都不害怕。

"山谷中纯朴善良的人们给他送来了衣食;藏书阁里的书令他手不释卷,他的身体已经虚弱不堪,但是仍旧精神饱满地主持着重要仪式,履行自己的职责。在剩余的恬静安宁的日子里他整日与书为伴,在回忆往昔和自我陶醉中度过。他的心神依旧澄明如雪,甚至开始研究某种神秘的健体术法,印度人称为瑜伽术,这种术法是基于各种控制呼吸的特殊方法来进行修炼的。这个年纪的人再做如此激进的修炼似乎是有害无益的。果然如此,不久之后,1789年,那是令人难忘的一年,佩罗性命垂危的消息传遍了整个山谷。

"他就躺在这间屋子里,我亲爱的康威,他衰退的视力透过窗子看向卡拉卡尔山,除了白茫茫的一片什么都看不清,但是他澄明的心却看得到,他能够清晰地刻画出那举世无双的轮廓,正如他半个世纪前第一次见到时的模样。裹挟着记忆纷至沓来的,还有一系列奇异的经历,那些跋涉于沙漠、荒原、高原、山地的岁月,西方城市熙熙攘攘的人群,马尔伯勒公爵的军队所展现的铿锵与荣耀。他的思绪渐渐回笼变得寂静如雪。他准备就绪,愿意积极乐观地拥抱死亡。他将老朋友和侍者都叫到了身边,与他们集体做了道别,接着他想自己一个人待上一会儿。正是在这段独处的时间里,他感觉身体在下沉,意识在慢慢地升腾,他希望自己的灵魂就此消散……可事情并没有按照既定的轨迹发展,他无声无息地躺在那里一动不动,接着他身体的机能开始复苏。那时,他一百零八岁。"

这喁喁私语中断了片刻,康威的心神晃了晃,似乎活佛刚才那一番娓娓而谈是一场来自天际的私密梦境。最终他又继续道:"正如其他那些在鬼门关徘徊许久的人一样,佩罗亦被准予了某种感天地、观世界的神识回到了人间。关于这个神识的问题，后面再说。现在我只说说他的确异于常人的行为和举止。他并没有像人们所期待的那样静养康复，而是迫不及待地全身心投入严苛的自我修炼中，还莫名地服用一些具有麻醉效果的药物。按说，服用药物和深度控制呼吸的修炼法称不上是延年益寿的养生之道，然而事实却表明，1794年，最后一位老修士去世时，佩罗还活着。

"这桩奇事几乎令香格里拉的每个人都觉得不可置信，有一种荒天下之大谬的违和感。那位皮肤已然布满枯树皮般褶皱的嘉布遣会修士不仅没有继续衰老，反而比十几年前看着还要年轻一些，他始终坚持修炼自己逐步改进的秘密心法，而这，对山谷中的人而言更是覆上了一层神秘的面纱，大家纷纷把他视为一位独居于绝壁圣崖之地、拥有非凡异能的隐士。人们依然对他怀有经年持久的尊崇和爱戴之情，如果爬上香格里拉留下一点儿贡品，或是身体力行地做一些寺院里日常所需的活计，就会被视为做了功德，能够带来福报。他亦会对所有前来做功德的朝圣者和香客进行祷告赐福——因为他们可能都是人生旅途中迷路的羔羊。因而在山谷的寺庙中可以频频听到"赞美我主"和"唵嘛呢叭咪吽"两种不同的声音。

"随着新世纪的到来，这个传说愈演愈烈，逐渐被渲染成了一个色彩丰富、古怪神奇的民间传说——据说佩罗已经变成了神人，还创造了很多神迹，在某些夜晚，他飞至卡拉卡尔山巅手执蜡烛照亮了夜空。虽然在月圆之夜总会出现一团青白色的光晕，无须我再多说，你也应该明白无论是佩罗抑或是其他人都不曾攀至顶峰。即便这没必要说，但我还是说了，那是因为有大量不靠谱的证据都表明佩罗不仅做过，而且能做到种种非常人所能及的事情。

"比如有人猜测,他修习了一种频频出现在佛教玄学记载中的轻功术法,事实上他的确做过很多尝试,可结果无一例外都没有成功。他发现通过开发人体其他方面的潜能确实能够抵消几分平常的感知障碍。他修得了心灵感应术,这本身就比较匪夷所思,虽然他并没有宣称这种术法具有治愈的特殊异能,但在某些情况下,确实有一些助益。

"你一定很想知道他是如何度过那些仿若偷来的浮生岁月吧。他的人生态度可以大致总结为:鉴于他没能在正常的年岁里逝去,他便觉得在将来某个时刻是否应该死去,已经没有探究的必要了。事实已经证明他就是逆天的存在,很容易让人理解这种违规随时会按照它既定的命数而结束。事已至此,他一改长久以来总是心事重重的模样,不再忧虑迫近的劫数。他开始按照自己一直以来十分期待,但现实生活中很难实现的生存状态去度过余生。因而他纵观世事变迁、看淡人生沉浮,在内心深处一直保有学者平和的志趣。他的记忆力好到了惊人的程度,直接冲破了人类的生理极限进入了更上层的灵智领域,他似乎能够不费吹灰之力便能吸纳一切知识,远胜于他学生时期的学习能力。当然很快他便不需要书籍了,但还是有几本工具书从一开始他便带在身边,你可能会有兴趣听听。那些书目包括一本《英语语法词典》和弗洛里奥翻译的法国作家蒙田的著作。在这些书籍的帮助下,他掌握了你们错综复杂的语言,我们这里的藏书阁仍然保存着他第一次做翻译练习的手稿——一篇将蒙田的随笔散文《谈虚荣》翻译成藏语的译作——堪称举世无双的孤本。"

康威笑道:"如果您允许,我非常有兴趣找时间好好拜读一下。"

"荣幸之至。你可能会觉得这是一个如同鸡肋般的异类技能,但你别忘了佩罗的年纪本就是一个超现实的存在。如果没有这种消遣活动,那他该有多孤寂。就这样，时间走到了19世纪的第四个年头，我们这里发生了一件具有历史意义的标志性事件，又有一个陌生的欧洲来客进入了蓝月亮山谷。

"他是一个年轻的澳大利亚人，名字叫作亨谢尔，曾经在意大利当过兵，抗击过拿破仑的军队。他贵族出身，修养良好，举止迷人。由于战争毁掉了他的美好前程，他不得不一路漂泊穿过俄罗斯来到亚洲，潜意识里是想要寻回遗失的美好。奇怪的是，他不记得自己究竟是如何抵达这片高原的，实际上，当他抵达这里的时候已经濒临死亡，与佩罗当年的遭遇是一样的。香格里拉的人们再一次展现了他们一贯的殷勤好客，这位陌生的来客康复了——历史总是惊人的相似，可结果却有所不同，山谷里的宁静终被打破。虽然佩罗一直致力于传教并劝人皈依基督，然而亨谢尔却直接表现出了对金矿持有更为浓郁的兴趣。他的第一夙愿便是让自己富足起来，然后尽快回到欧洲去。

"然而他并没能达成夙愿回到欧洲。一个奇怪的现象发生了——尽管这个现象从那以后经常发生，可能我们现在想来本也没什么好奇怪的。这座山谷用它世外桃源般的平和安宁吸引着他，致使他一而再再而三地推迟启程离开的时间。有一天，他听闻了当地的那个民间传说，便爬上了香格里拉，生平第一次见到了佩罗。

"那次会面，具有重大的历史意义。佩罗，如果说他还有一点儿超出人类的譬如友情或者爱情之类的强烈情感，那便是还有一种与生俱来的大慈大悲的胸襟，能够触及这位年轻人的灵魂深处，仿若一缕清泉滋润了他干涸的心田。我不想过多地描述两人之间突然萌生的惺惺相惜，一个给予了对方无限的崇拜与敬慕，而另一个毫无保留地分享了他的学识、麻醉药，还有那个荒诞不经的梦，那梦现今已成为这个世界留给他唯一的真实。"

稍事停顿了一下,康威好不容易找到了自己的声音,十分轻柔地询问:"对不起,打断一下,我的脑子有点儿乱,没怎么听懂。"

"我理解。"他温柔的回答声中满是同情,"如果你真的理解了,那才不正常呢。至于你的问题我将很乐意在我们谈话结束之前为你解惑,不过现在,如果你愿意,我先挑一些比较容易理解的事情说。有一件事情你一定会感兴趣,关于亨谢尔开始购置我们的中国艺术藏品,还有图书和音乐制品的问题。他经历了一次艰苦卓绝的旅程抵达了北京,在1809年带回了第一批托运的物资。此后他再也没离开过山谷,但是他凭借自己的聪明才智精心设计了一条复杂的渠道,此后能够让喇嘛寺从外界购买任何所需要的东西。"

"我猜你们一定是用黄金来交易的吧?"

"没错,我们坐拥得天独厚的金属矿藏资源,而这恰恰是外界所稀缺的珍贵的东西。"

"在黄金至上、物欲横流的世界,你们能够逃离淘金热的荼毒不得不说真是一件非常幸运的事。"

活佛略微点了点头,表示深以为然。"我亲爱的康威,那正是亨谢尔一直担心的问题。他十分小心谨慎,从来不让运送书籍和艺术珍品的脚夫过于靠近这里,他让他们将货物卸在距离山谷大约一天的脚程范围之外。他甚至安排了哨兵昼夜不停地监视峡谷隘路的入口。但是很快,他便找到了一种更为便捷、能够杜绝后患的安全措施。"

"真的吗?"康威的声音里充斥着紧张和不安。

"你瞧,我们根本无须担心军队的武装入侵。因为那是不可能发生的,我们拥有独特的天然屏障,且地处边陲。最可能发生的便是几个迷路的旅人偶然来到此处，而那些人即便是携带了武器，也会处于极其虚弱的状态，对我们构不成半分威胁。因而，我们自此之后便立下了规矩，凡是流落至此的陌生来客均可自由地出入山谷，前提是必须遵守一条重要的限制性条款。

"结果数年过去了，其间确实迎来了不少陌生来客。汉族的商人们冒着风险穿梭于这片高原地区，偶有一些人在机缘巧合之下避开了那么多可供他们选择的路线唯独选择了这一条。而以游牧为生的藏族人，离开了他们的部落一路游荡，流离至此时已如疲惫不堪的野兽。所有人都受到热情的招待，然而也有一些人在抵达山谷这个避难所的时候已然身亡。滑铁卢战役爆发的那年，有两位英国的传教士通过陆路抵达了北京，之后又通过一个无名的隘口穿越了层峦叠嶂的山脉，一路携着神一般的运气顺风顺水地走来，好似他们只是前来拜访一般。1820年，有一位希腊商人，身边有几位病弱不堪、饥饿至极的仆人陪着，被发现的时候就躺在隘口最上方的山脊处奄奄一息。1822年，有三位西班牙人，因为听到过一些不甚详细的金矿传说，在无数次搜寻未果、失望至极之后，找到了这里。还有1830年，一支较为庞大的队伍涌了进来。队伍中有两个德国人、一个俄国人、一个英国人和一个瑞典人，他们均是被一个共同热爱的目标——日渐兴起的科学探险热潮——所驱使，九死一生地翻越了险峻异常的天山山脉。随着他们的不断到来，香格里拉对待山外来客的态度也悄然发生了微妙的变化——不仅这些碰巧找到了进入山谷之径的人会被予以热情的招待，如果他们已冒着风险踏入了山谷周边一定的范围内，谷内的居民亦会主动前去迎接，这已经变成了一种常态。之所以变成这个样子是有其原因的，关于这个问题我稍后会做出解释。可这种态度上的转变体现了最重要的一点,那就是喇嘛寺不再事不关己地被动接受,而是变成了一种对山外来客的主动寻求和热切期盼。随后的这些年确实迎来了不止一支探险队,他们因初次遥望卡拉卡尔山而欣喜若狂的时候,便遇到了谷内派出的信使,受到了热情友好的邀请——几乎没有人能够谢绝这样的邀约。

"从这时开始,喇嘛寺院经过不断的积累,拥有了现如今你所看到的这许多特色。我必须得着重强调一个事实,亨谢尔是极具才华和天赋的,香格里拉能有今日之成就,他的贡献不亚于它的创建者。真的,我一直认为他功不可没。因为他坚定的决策和仁爱的胸襟正是每一个机构在特定的发展阶段所需要的。然而,他的损失是怎样都无法弥补的,他没能完成毕生的事业就辞世了。"

"他死了?!"康威震惊地重复道。

"是啊,事情发生得很突然。他是被杀害的。就在你们印第安人兵变的那一年。他临死之前,一位汉族艺术家刚刚给他画过一幅画像,我现在就可以给你展示一下——那幅画就在这间屋子里。"

活佛再次轻微地打了个手势,一位侍者走进来。恍惚之下,康威看到那位仆人走到房间的另一端,掀开了一小块幕布,只留一盏提灯在一片昏暗之中轻轻地摇曳着。接着他听到了对方邀他上前的低语声,可是他的腿却如同灌了铅一般不听使唤。

他踉跄了几步,然后阔步走向那团摇曳的光晕处。那幅画像很小,不过是一张用彩色墨水绘制的袖珍肖像,但这位艺术家却精妙地刻画出了自然色调的肌肤那有如蜡像般的细腻质地和精致纹理。那人面容姣好,极其俊秀,有一种雌雄莫辨之感,康威从那些迷人的表象中看到了一种神奇的个人魅力,甚至穿透了时间的屏障,跨越了生死的界限,罔顾了艺术的技巧。但是最为诡异的是,他乍然看到画像不由得发出赞叹后,紧接着倒抽了一口凉气,他猛然意识到:这是一张极其年轻的脸。

一如刚才跟跄的脚步一样,他说话也开始结巴起来:"但是……你说……这幅肖像是他临死之前画的?"

"是的,画得十分相像,几乎跟他本人一模一样。"

"你之前好像说他就是那一年死的。"

"确实如此。"

"你还告诉我,他是1803年来到这里的,那时他是个小伙子。"

"是的。"

康威半晌没再提出任何疑问,不久,他方才艰难地找回了自己的思绪:"你刚才说,他是被杀害的。"

"是的,一位英国人射杀了他。自打那个英国人来到香格里拉之后,没几个星期便发生了这件事。他是那批探险者当中的一个。"

"事情的起因是什么?"

"他们发生了口角,关于一些脚夫的问题。亨谢尔只是告诉了他关于接待山外来客的重要条款。那是一个颇具挑战性的任务。自那以后,尽管确实存在我衰弱无力的原因,可一旦要实施这一条款,我还是感觉举步维艰。"

活佛再一次停了下来,这次的间歇略微有点儿长,仿佛在静寂中等待着对方的询问。接着他又循循善诱道:"也许你一直在想,我亲爱的康威,那条限制性条款究竟是什么?"

康威用低沉的声音缓缓答道:"我想我已经猜到了。"

"真的?你确定吗?那你还能猜到我刚才这个冗长离奇的故事后

面，还有什么事吗？"

康威的大脑一片混乱，他试图将大脑中错综复杂的碎片信息拼凑出一个答案来。房间此时就像一片幻影，仁爱温和的老者位于它的中心。自始至终他都全神贯注地聆听着他的叙述，可无形中还是隔着一层窗户纸，没能领略其背后所包含的全部隐情。而此时，他下意识地想要表达出来，他被深深地震撼到了，在他脑海里形成的那个笃信的结论几欲令他窒息。他冷不防地脱口而出："这怎么可能呢？"他语无伦次，喃喃道，"我居然无法不去这么想……太震惊了……太离奇了……太不可思议了……然而又没有超出我能理解的范畴……"

"你猜到什么了？说出来，我的孩子。"

康威被一种情绪主导着，他没有找任何理由也不想有所隐瞒："您居然还活着，佩罗神父！"

第八章

谈话不得不告一段落，以便活佛能够借机恢复更多的体力。康威对此一点儿都不奇怪，毕竟这么长时间的讲述是相当耗神的。而他自己也非常乐意暂缓一下定定神。他发觉无论从哪个角度来看，平添的这段风雅时光实在令人心旷神怡，茶香袅袅，辅以惯常的礼仪随性地寒暄着，堪比曲中的一段华彩乐章。脑海中的映像刚一浮现（除非机缘巧合），便见证了活佛心灵感应术的神奇力量，他立即开始谈论起音乐来。活佛表示自己很开心，因为香格里拉的音乐收藏满足了康威的音乐品位。康威谈吐得体、不失优雅地予以回应，并补充道，喇嘛寺居然收藏了如此完整的欧洲作曲家的作品，他对此惊喜万分。悠然啜饮间，二人礼尚往来，聊得不亦乐乎。

"啊，我亲爱的康威，你实在是太幸运了，我们这儿有一位极具天赋的音乐家——他实际上是肖邦的门生——我们很乐意将我们的艺术沙龙全权交给他去打理。你真的应该见见他。"

"我当然愿意。张曾经跟我提起过，您最喜爱的西方作曲家是莫扎特。"

"确实如此，"对方回答道，"莫扎特的音乐风格比较朴素典雅，听了之后让人非常舒适惬意。他构造的音乐织体既不会过于华丽空洞又不会晦涩乖僻，一切都装饰得纯粹自然，恰到好处。"

他们就这样惬意地闲谈着，分享彼此的心得和看法，直到茶具被撤走方才告一段落，而此时康威的心神已经彻底冷静了下来。"那么，就让我们继续先前的话题吧，您想让我们留在这里，对吧？如果我没有猜错，这个就是那条重要的不可更改的限制性条款吧？"

"你猜得很对，我的孩子。"

"那就是说，我们需要永久地留在这里？"

"我很想借用英语中的一句生动的谚语来做出诠释，我们于此共生'永恒'。"

"困惑我的是，芸芸众生何其多，为什么偏偏是我们四人被选中？"

活佛随即恢复了先前的状态，又开始了他漫长的讲述："那是一个错综复杂的故事，如若你愿意听的话。你应该知晓，我们总是尽可能地让我们的人口数量达到一个平衡稳定的自然增长状态，且不说其他的原因，单单能够拥有不同年龄段和不同时期的代表性人物，并与他们共同生活在这里，本身就是一件值得高兴的事情。不幸的是，自从最近的欧洲战争和俄国革命战争以来，前来西藏旅行和探险的人几乎全部被阻截了。实际上，我们最后接待的外来客是1912年到访的一位日本人，坦白地说，他对我们而言不是一个很有价值的人选。你知道的，我亲爱的康威，我们不是什么庸医，也不是江湖骗子，我们不会也不能保证每个人都能得偿所愿。我们的来客中有一些人留在这里自始至终一无所获；还有一些人也只是活到了人们所谓的遐龄高寿，然后因一些微不足道的小恙而寿终。我们发现，通常情况下西藏人由于习惯了当地的海拔、气候等条件，与外面的种族相比，不易受到这些因素的影响。他们是非常有魅力的种族，我们接纳了许多他们的族人，但我怀疑超过百岁的不会有几个。汉族人的状况稍微好一些，但即便是他们，失败率也很高。我们的最佳目标是欧洲的日耳曼民族和拉丁人，也许美国人也具备同样的适应能力，我认为我们最大的幸运就是在你和你的同伴之中，找到了符合条件的人选。

"好了，我还是继续解答你的困惑，正如我刚才一直在跟你解说的那样，这里已经将近二十年没有新客到访了，而在这期间又有一些人陆续死去，人口不断流失却无新鲜血液进行补充，这个问题日益突出。然而几年前，我们当中的一个成员对这场营救行动提出了一个新奇的想法，他是我们谷内一位土生土长的年轻人，绝对值得信赖，而且他跟我们意气相投，志同道合。但是，跟所有谷内的居民一样，他天生便没有外面的人那样幸运，能够拥有更多的际遇。也是他提出要离开这里去周边一些地区看一看，用以前从未尝试过的方式给我们带回一些新鲜血液来。从许多方面来看，这都是一个革命性的创举，经过充分考量后，我们同意了。你懂的，哪怕是在香格里拉，我们也必须与时俱进。"

"你的意思是，他是经过深思熟虑谋定而后动，打定主意用飞机带一些人回来？"

"是的，你瞧，他是一个多么富有天赋、机敏聪慧的年轻人啊，我们对他极其信任。这本就是他自己提出来的主意，我们也乐于放手让他大胆地去执行。我们明确知晓的也只是他计划里的第一个阶段，这其中包括在一所美国的飞行学校进行一段时间的学习。"

"但是他后续的计划是如何实施的呢？难道只是偶然，在巴斯库尔碰巧有那么一架飞机……"

"没错，我亲爱的康威，许多事情都是偶然。但确实发生了，终究是塔鲁苦苦寻找到的机会。即便他这次没有发现，但一两年后总能找到另外一次机会。当然，也很有可能最终一无所获。不可否认，当我们的哨兵传来他在高原地区降落的消息时我非常震惊。航空事业的发展真是无比迅猛，我原本以为之前那种普通的飞机要想穿越这片山脉，需要花费更久的时间才能达到那种驾驶技术水平。"

"那可不是一架普通的飞机。那是一架非常特殊的专供山区使用的特殊飞机。"

"难不成这又是一次巧合？我们这位年轻的伙伴真是太幸运了。可我们已经不能再跟他本人探讨这个事情了，实在是太可惜了。对他的死亡，我们都很悲痛。如果他还活着，康威，你一定会喜欢他的。"

康威轻轻地点了点头，他也觉得很有这种可能。思忖了片刻，他问道："但是整件事情的终极目的是什么呢？"

"我的孩子，你能这么问真是太让我高兴了。在我漫长的人生历程中，之前还从未出现过能够用如此平静的语气来面对我提问的人。当我揭示的真相入了他们的耳，你几乎可以想象得到他们对此做出的每一种反应——愤慨、悲伤、勃然大怒、怀疑、歇斯底里——除了今夜，我从未见过你这种单纯地只是对此感兴趣的情况。然而，这种态度正是我所热切祈盼的。今天你只是感兴趣；明天你就会密切关注，觉得与自己息息相关；最终可能有那么一天，我会赢得你的献身，成为命运共同体。"

"这个我可不敢承诺。"

"你的这种不确定让我听了尤为开心——这才是彼此建立深远信任的基石……不过我们无须再争论此事。你对此很有兴趣,这点便足够了。此外,我还有个不情之请,我方才跟你说的这些还请暂时保密,至少目前不要让你的三个同伴知晓。"

康威默不作声。

"他们早晚会知道这一切,只不过时机未到,为了他们好,还是不要操之过急。我确信以你的聪慧定会明白这其中的道理,我也不需要你的保证,我知道你会处理得很好,因为我们都希望事情向好的方向发展……

"现在我来给你大致描绘一下未来的美好蓝图。应该说按照这个世界通常的标准,你是一个年轻人,正如人们所说的那样,朝气蓬勃。按照正常的人生进程,你还有二三十年的光阴可期,直至活力降低,慢慢地变老。这个前景绝对算不上不乐观,但我也不指望你能跟我一样看淡人生,认为那只是压抑的、令人窒息的、使人狂乱的插曲。你人生的前二十五年实在太过年轻,活在懵懂幼稚的黑影之下,而人生的后二十五年又实在太过老迈,往往被一团凝滞的死亡黑云如影随形,在这两朵焦虑的阴云之间,真正属于人类的璀璨年华何其短暂啊!

"但是你呢,也许命中注定要比别人幸运得多,按照香格里拉的标准,属于你的璀璨年华还没有开始。也许此后数十年,你将容颜不老,一如今日——你可以像亨谢尔那样永葆青春。但是,相信我,那只是肤浅的初级阶段。终有一日,你会像其他人一样变老,尽管那个过程非常的缓慢,你会升华到另外一个境界。在八十岁的时候,你仍然拥有年轻人的步态,可以随意地攀爬山岩,但是当你的年龄增加了一倍时,就不要妄想奇迹仍旧眷顾着你。我们不是奇迹的创造者,我们并没有征服死亡,也做不到逆生长。我们之前做到的和偶尔干预的不过是减缓了生命的节奏而已。这种事情在我们这里轻而易举就能做到,在外界却是不可能的。但是千万别会错意,我们的生命也终会走向终结。

"尽管如此,我为你展露的前景依旧充满了魅力与诱惑——当外界的人们听着暮鼓晨钟敲击的催命符时,你可以心无旁骛地拥有悠长宁静的时光去观赏落日余晖。岁月更迭,你将会脱离肉欲声色的低级趣味进入一种至臻的精神境界。你可能会失去敏锐的机体和生理的欲望,但是你所获得的也足以弥补你所失去的,甚至有过之而无不及。你将会获得平和的心境、生命的奥义、成熟的思维、非凡的智慧,还有魔法般超群的记忆力。而且最为宝贵的是你将拥有时间——这正是你们西方国家已经遗失却百般追求的稀世珍宝。

"你可以想象一下。你将拥有足够的时间去阅读——再也不用为了节省时间而走马观花地粗略浏览,也不用再刻意避开一些试验和研究,唯恐沉迷其中耗费过多的精力。你不是喜爱音乐嘛——这里的曲谱和器乐应有尽有,你可以随意地阅览弹奏,无须受时间的限制,你可以从容地尽情享受个中美妙的滋味。而且我们也一致认为你的人缘非常好——考虑一下,拥有众多睿智而平和的同道之谊,修行仁爱之心的漫长之路,能够让你免受死神的匆匆召唤,难道这都不足以让你心动吗?抑或你偏爱独处,那我们的亭台楼阁岂不是正好能够物尽其用,帮助你沉淀平和而孤寂的思绪?"

活佛的声音停了下来,然而康威并没有打破这沉默。

"你对此不置可否,我亲爱的康威。请原谅我的长篇累牍——我到了爱唠叨的年纪,而且我所从属的民族也从不认为口若悬河有什么不好……可能你还放不下俗世间的妻子、双亲和孩子，对吧？可能还有这样那样的夙愿没有达成？相信我，尽管起初一定会有强烈的切肤之痛，但是十年之后那残留的记忆阴影将烟消云散，无影无踪。就事实而论，如果我没猜错的话，你并不存在亲情方面的困扰。"

被一语道破了心思，康威吓了一跳。"确实如此，"他答道，"我没结婚，没有亲密的朋友，也没有什么雄心壮志。"

"没有雄心壮志吗？那你怎么总是千方百计地摆脱社会上普遍流行的种种弊病？"

康威这才觉得，他正在进行一场真正的谈话。他说："对我而言，在我的职业生涯中，成功一次又一次地与我擦肩而过，这令我大失所望。我在领事馆工作——并不重要的岗位，但对我来说还算适合。"

"然而你却志不在此，对吗？"

"岂止是志向，连同我的心思和半数精力都不在这上面。我这人天生就比较懒散。"

对方脸上的皱纹蓦地加深，变得扭曲起来，康威方才意识到活佛似乎是在笑。

"在做一些乏味的工作时，懒散可是一个非常棒的优点，"那低语声继续道，"无论如何，你在我们这里根本不会遇到这种问题。我相信张应该跟你解释过我们奉行的中庸之道，其中关于积极性这一点我们也总是适度的。比方说我自己，能够学习十种语言，如果我不节制的话，甚至可以学习二十种。但是我并没有那样做。其他方面亦是如此。你会发现我们既不会恣意挥霍，也不提倡苦行禁欲。当我们到了需要被照料的年纪，我们很乐于享受餐桌上的美味，然而——对我们的年轻人比较有助益的——是山谷里的女人们在她们自身的贞洁方面也乐于接受这种适度原则。总体来说,我敢笃定你无须费什么力气便能够适应我们这里的生活。实际上,张一直对你持有积极乐观的态度,他很看好你,而且,见到你之后,我也有同感。

"我得承认,你的身上有一种奇怪的特质,迄今为止我不曾在其他来访者身上看到过。既不是玩世不恭,也不是愤世嫉俗,也许只是一点儿对现世期待的幻灭吧,我不敢奢望年龄不足一百岁的人能够拥有如此剔透的心灵。如果必须用一个词语来描述的话,应该是与世无争。"

康威回道:"这真是一个恰如其分的词。我不知道你们是否给来到这里的人做了区分,如果做了,你可以给我贴个'1914—1918'的标签。我觉得,那定会让我成为你们博物馆里独一无二的古董——跟我一块来的另外三个人不属于这个类别。前些年我耗尽了激情和精力,虽然我很少讲起这件事,打那时起,我最想对这个世界说的是:别来打扰我!我发现这个地方有一种迷人的魅力和安宁的气息在呼唤着我,你说得没错,我确实与这里的一切都无比的契合。"

"你要说的就是这些吗,我的孩子?"

"我希望我能够很好地遵守你们这里的中庸之道。"

"你很聪慧——张所言不虚,你的确十分聪慧。可我为你展示的前景对你而言难道不能激起你任何强烈的感觉吗?"

康威默了一下,然后回答道:"你讲的那个过去的故事给我留下了深刻的印象,但坦率地说,你描绘的未来对我而言只是抽象的概念。我看不到那么远。我只能说,如果我明天,或者下周,又或者明年不得不离开香格里拉,我一定会感到不舍和惋惜;如果问我真活到一百岁我会有什么样的感觉,这种事情完全无法预料,我只能说无论将来怎样，我都会直面人生，但若是想让我有强烈的感受，那人生一定要有意义。我有时甚至怀疑人生本身究竟有没有意义，如果没有，那么，再漫长的人生都是了无生趣的。"

"我的朋友，这座建筑历经过佛教和基督教的洗礼，会格外地令人安心。"

"也许吧。让我憧憬那些年过百岁的人生，恐怕还需要更加明确的理由才行。"

"是有这么一个理由，而且的确算是一个非常明晰的理由。那也是这群寻找世外桃源的人追求长生背后的终极目的。我们不会随便进行漫无目的的尝试，仅凭异想天开便盲目跟从。我们有一个神示的梦境和幻象。那幻象第一次现世是在1789年，彼时老佩罗就躺在这间屋子里静待死神的降临。就像我之前跟你讲的一样，他回顾了自己漫长的一生，似乎对他而言，所有美好的事物都是转瞬即逝、极易消亡的，而且战争、欲望、野蛮的暴行终有一天会将它们摧毁殆尽，在这个世界上留不下半分痕迹。他记得自己的双眼所看见的事物，也有用心灵探知的其他镜像；他看到了许多国家并非凭借智慧而逐渐强大，而是纯粹靠着野蛮的激情和摧毁一切的意志急剧膨胀；他看到他们的武装力量呈几何倍数增长，直至一个单人武器装备便能抗衡君主时代最伟大的国王的整支军队。而且他认为，当他们占领了陆地和海洋将一切毁灭之际，定会将魔爪再次伸向天空……你能说他的幻象是不真实的吗？"

"的确很真实。"

"但这还不是全部。他预见了一个时代，那时的人们热衷于杀戮的技术手段，这股邪气风靡一时，迅速在全世界蔓延，导致所有珍贵的东西都岌岌可危,书籍、画作、艺术,以及每件收藏了两千年的珍品,玲珑剔透、精致脆弱的奇珍异宝,所有的一切都会消失,就像李维①的著作那样散佚损毁,或像英国人在北京洗劫、烧毁圆明园一样。"

"我同意你的观点。"

"当然。但是明智的人类又有什么理由反对钢铁的发展呢?相信我,老佩罗的梦境最终都会变成现实。我的孩子,那就是为什么我会在这里,你会在这里,我们会从四面八方聚到一起可以祈祷度过此等浩劫的原因。"

"渡劫?"

"那是一个劫数。但是你不用等到我这么老的时候,它就会过去。"

"这么说你认为香格里拉能够逃过一劫?"

"也许吧。我们不能指望对方的仁慈能让我们幸免于难,但我们可以寄希望于被忽略。在这里,我们将与书籍、音乐、冥想相伴,保护这个高雅却脆弱的没落时代,外面的人终有一天会耗尽精力,当他们激情退去,就会开始寻找失落的文明。那时,我们仍保有这份遗落的文明可以馈赠,令其流传后世。让我们尽情享受我们的快乐和幸福,静待那一时刻的到来。"

"然后呢?"

"接下来,我的孩子,当这些野蛮的强者之间彼此征战吞噬后,基督教的伦理道德最终将得以启用并发扬光大,温顺谦恭的美德会普照整个世界。"

那低沉的声音蓦然加重了语气,老人被一道阴影所笼罩,康威不

---

① 李维:罗马历史学家。

禁臣服于它浩渺圣洁的美。他又一次感受到了周身涌动的黑暗，但这次与以往有所不同，外面的世界仿佛正在酝酿着一场风暴。接着，他见到香格里拉的活佛整个人都激动起来，他径直从椅子上站了起来，屹立在那里活像一团若隐若现的魂灵。康威出于礼貌本想去扶他一下，却突然被一股势不可当的念头攫住了心神，他做了一个之前从未对任何人做过的动作：他跪了下来。但他说不出原因。

"神父，我懂了。"他坦言道。

他不知道自己后来是如何离开的，他陷入了一场无法摆脱的梦境不可自拔。他记得那晚从楼上那间闷热的房间里出来后，扑面而来的空气尤为冰冷，张悄然无声地出现在他的眼前，他们一起静默地穿过星光照耀下的重重庭院。香格里拉从未像今夜这般将其极致的魅力全部映射于他的眼中。山谷被笼罩在悬崖峭壁之间，仿佛一潭深邃无波的池水，与他淡然平和的思绪相得益彰。最初的震惊过后，康威已然平静了下来。这一番长谈，他的心绪几番大起大落，他将自己彻底放空，他的思想、情绪和精神都得到了前所未有的满足，甚至他的质疑都不再是烦恼，不自觉地被转化成一种微妙的和谐。张什么都没说，康威也没说。时间已经很晚了，幸好其他人都已入睡。

第九章

清晨醒来时,康威根本分不清脑海里浮现的一切究竟是梦幻还是现实。

可当他出现在早餐桌上,众人七嘴八舌的问题迎面扑来,他瞬间便清醒了。

"昨晚你一定跟这里的首领聊了很久,"那位美国人率先开了口。"我们本打算一直等着你的,可我们实在是太疲倦了。他是一个什么样的人呢?"

"他跟你交代了有关脚夫的事吗?"马林森迫不及待地问道。

"但愿你已经跟他探讨了关于在这里配备一个常驻传教士的问题。"布林克洛小姐说道。

一系列连珠炮式的问题轰炸过来,康威进入了平日里惯有的戒备状态。"我恐怕会让你们失望,"他自如地切换到防御模式,一一回应道,"我没有跟他讨论传教的问题;他压根儿没提到脚夫的事情;至于他的外貌嘛,我只能说他是一位操着一口流利的英语、极富智慧的老者。"

马林森气急败坏地打断了康威的话:"对我们来说最重要的是他是否靠谱。你觉得他会让我们失望吗?"

"他给我的印象并不是一个无耻之徒。"

"那你究竟为什么不能打扰他一下,谈谈有关脚夫的问题?"

"我一点儿都没想起来说这件事情。"

马林森难以置信地盯着他看:"康威,我真的搞不懂你了。你在巴斯库尔处理起事务来是那么游刃有余,我简直不敢相信眼前的你与那时的你是同一个人。你的精神似乎已经垮掉了。"

"我很抱歉。"

"说抱歉有什么用。你应该振作起来,起码也要关心周遭发生的事情。"

"你误会我了。我抱歉的是让你失望了。"康威的话生硬、突兀,刻意掩饰了自己真实的情绪,虽然他的内心实际上五味杂陈,但很难被其他人猜到。他对自己如此轻松地便能说出这些搪塞之词略微感到震惊,很明显,他打算遵从活佛的建议保守这个秘密。他对自己如此理所当然地接受了这个立场大感困惑,而他的同伴肯定会义正词严地认为他的行为实属离经叛道,正如马林森所言,这种事情就不应该出现在英雄偶像的身上。康威突然对这位年轻人产生了恻隐之心,随即他想到,既然选择崇拜英雄就必须做好承受幻想破灭的准备,于是他又强迫自己冷下心肠。马林森在巴斯库尔作为一个新人,太过敬慕这位帅气的行业前辈,而如今这位领头人处于云端的光辉形象已经摇摇欲坠,即便还没有彻底坍塌却已从根部产生了动摇。理想中完美人设的粉碎总是让人有那么点儿唏嘘,哪怕这个人设是伪造的;而马林森的倾慕却让康威得到了些许的慰藉,至少他没有辜负这份伪装。但是这种假象不可能再维持下去了,香格里拉有一种高洁的气质——或许是由于这里的海拔较高——阻止了人们想要努力伪装自己的情绪。

他说道:"看吧,马林森,你再怎么唠叨巴斯库尔的事也无济于事。我当然跟那时不一样——毕竟现在与那时的处境完全不同。"

"依我看,那时的形势要正常一些。至少我们知道对抗的对象是什么。"

"确切地说,我们整日面对的都是谋杀和强奸,只要你喜欢,你可以认为那时的形势更好。"

这位年轻人陡然拔高了声调驳斥道:"对啊,从某种意义上说,我就是认为那样更好。我宁愿面对那些东西,也不愿意整天对着这里神神秘秘、故弄玄虚的氛围。"他突然又补充道,"比方说,那个中国姑娘——她是如何到这里来的?那个家伙告诉你了吗?"

"没有,他为什么要告诉我这些呢?"

"那好,他为什么不告诉你呢?而且,但凡你上点儿心,就能问一问,一个年轻的女孩子跟这么多修道士生活在一起,这正常吗?"

康威在此之前根本不曾用这种角度看待事情,他思忖了一番,说道:"这不是一座普通的寺院。"这是目前他能给出的最好的说法。

"我的天呐,它本来就不是!"

众人沉默了半晌,争论显然已经进入了死胡同。对康威而言,罗岑的过去似乎没有什么意义,那个娇小的满族姑娘就静静地置于他脑海中的角落里,几乎都意识不到她的存在。但是一提到她,连早餐时间都埋首在藏族语法书中学习的布林克洛小姐也抬起了头(康威私下以为,她并没有表面上看起来的那么投入)。大家喋喋不休地聊起女孩跟僧侣的八卦,让她想起了印度神殿里的男传教士讲给他们妻子的那些故事,而这些故事又被这些妻子们口耳相传讲给了他们未婚的女性同伴。"说的没错,"她紧抿着唇瓣说道,"我们早就应该有所预料——这个地方的伦理道德实在是太丑陋了。"她转向巴纳德,似乎想要得到他的支持。但这位美国人只是咧着嘴笑:"我觉得诸位不会在意我在道德方面的看法,"他不动声色地幽默了一句,"但是我还是应该表个态,争吵实在是下下策。我们被迫来到此处有一段时间了,应该控制一下暴躁易怒的脾气,保证自己的身心处于愉悦舒适的状态。"

康威觉得这个建议非常好,但是马林森仍然无法淡定:"我绝对相信,你当然会觉得这里比达特穆尔舒服多了。"他故意嘲讽道。

"达特穆尔?噢,那是你们那最大的监狱吗?——我明白你的意思了。没错,是的,我肯定不会羡慕那种地方的人。而且另外一件事情——你在这方面贬损我,对我来说这根本无关痛痒。没办法,谁让我是一个厚脸皮加心地善良的综合体呢。"

康威对他投去赞赏的目光,转而又责备地看了马林森一眼。但是他突然意识到他们都在一个巨大的舞台上扮演着各自的角色,而对这个舞台的背景只有他自己是一清二楚的,所知甚多却不可言说,这令他突然想要自己一个人静一静。他向他们点头致意,走出房间来到庭院。望着卡拉卡尔山,惶惧之意渐渐散去,不再担忧他的三个同伴,离奇般地接受了这个与他们的猜测十万八千里的新世界。

有那么一刻,他忽然觉得,有时候越想弄清楚一件未知的离奇事件,反而让这一切变得更加扑朔迷离。当一个人认为什么都是理所当然的,那只是因为好奇心对自己和他人都毫无意义。来到香格里拉之后,他着实大有进步,他记得他在战场上的那些年已然获得了类似的感悟,只不过那时的他远没有现在这种沉着冷静的释然心态。

他需要冷静，如今被逼到了风口浪尖上，自己就需要去适应这种双重生活。此后，他和几个流落异乡的同伴一起生活在一个受制于脚夫的世界里，期待有朝一日能够回到印度，而其他的时光里，就好像地平线上刚刚拉起了帷幕，充满无限的可能。时光被延长，空间被收缩，蓝月亮这个名字被赋予了象征性的意义，似乎未来真的无比玄妙，又引人期待，而且只会在蓝色的月亮中才能得以存在。他有时甚至会想，这双重生活究竟哪一重更真实，不过这并不重要。他再次想到自己曾亲历的那场战争，在炮火连天的轰炸中，他感到了一种莫名的心安，好似他有许多条命，而死亡只能夺走其中的一条。

事已至此，张当然是毫无保留地与他畅所欲言，他们谈论了许多有关喇嘛寺的规章制度和日常生活。康威了解到他在这里的前五年，可以像普通人一样生活，没有任何特殊的规则和限制。这都是必经之路，正如张所言："这都是为了让身体能够适应此地的高海拔气候，也让人能有足够的时间去疏散精神和情感上的失落。"

康威笑着说道："我猜你笃定了没有人的感情能够禁受住五年的分离。"

"毋庸置疑，其实是可以做得到的，"这位中国人回道，"只不过徒留一份可供缅怀的忧伤罢了。"

张继续解释道，度过了五年的预备期之后，衰老进程的迟滞期便开始了，如若成功了，可以让康威的容貌大约五十年如一日，一直维持着四十岁的外貌——在这个时期保持不变绝对是一个人最璀璨的年华。

"你的情况呢？"康威问道，"你是什么时候开始起效的？"

"啊，我亲爱的先生，我是非常幸运的，来到这里的时候我还相当年轻——只有二十二岁。我是一名军人,这一点你可能没有想到吧。1855年的时候,我曾经指挥过剿匪行动。我得到的命令是侦察任务,如果顺利,我本应该回去向我的上级报告侦察结果,但显而易见,我在山里迷了路。我的手下有一百多人,在严酷的气候环境中只活下来七个。最终我获救了,被带到香格里拉的时候只剩下一口气,若不是仗着年轻和身体底子强壮我根本活不下来。"

"二十二岁,"康威念叨着,暗自算了一下,"这么说,你现在已经九十七岁了?"

"是的。再过不久,若是得到喇嘛们的认可,我就功德圆满踏入另一个境界了。"

"我明白了。你在等一个整数,一百岁的时机吗?"

"不,我们从不受任何具体的年龄限制,但是一百岁被普遍认为是一个断去红尘七情六欲的分水岭。"

"我也这么觉得。那之后将会发生什么呢?你觉得下一个阶段要等待多久?"

"我当然希望能够成为一个喇嘛。只有在香格里拉才能得偿所愿。这要历经许多年,可能是另外一个百年,抑或更久。"

康威点点头:"我不知道是否应该跟你道一句恭喜——你似乎已经拥有了两个世界中最好的璀璨年华,回首望去是一段漫长而愉快的青年时光,而未来还有同样漫长而愉快的老年时光在等着你。你的外貌是在什么年纪开始衰老的?"

"在我七十多岁时开始的。这是比较普遍的情况,但我仍然觉得我看起来比实际年龄要年轻得多。"

"确实如此。假如你现在离开了山谷,将会怎样呢?"

"会死的,哪怕只离开几天。"

"这么说,这里的气候条件是关键?"

"世间只有一个蓝月亮山谷,那些期待能够找到另外一个世外桃源的人未免对大自然过于奢望。"

"那好,换个问题,若是你在青年时期,比方说三十年前离开山谷,会怎么样?"

张回答道:"可能我那时候就已经死了。不管怎样,我都会迅速呈现实际年龄的面貌。多年前我们曾有过一个神奇的例子,尽管在此之前还有几次前车之鉴。我们中的一个人去谷外寻找一支旅行队,我们提前接到消息,说他们正在来的路上。他是个俄国人,当初到香格里拉时正是人生中最好的年华,他很快学会了我们这里的修行方式,年近八旬时,外表看起来还不足四十岁。若是他外出不超过一个星期,问题还不大,不幸的是,他被游牧部落的人抓去做了俘虏,带到了很远的地方。我们怀疑他出了意外,以为他已无生还的希望了。没想到,三个月后,他成功地逃了回来。但那时的他已经完全变成了另外一个人。岁月的痕迹在他的脸上和行为举止中展现得淋漓尽致。不久他便去世了,死的时候俨然是一个风烛残年的老者。"

康威半晌没有作声。他们是在藏书阁进行的谈话,在张讲述的过程中,他大多数时候都透过窗子凝视着那个通往外面世界的隘口,恰有一缕云悠悠地飘过山脊。"张,那真是一个相当糟糕的故事,"他久久方才开口说道,"它令我感觉时间是个让人畏避不及的恶魔,它死守在山谷外伺机而动,誓要抓住那些想方设法摆脱它的懒鬼。"

"懒鬼?"张不解地询问道。他的英语水平极高,但偶尔遇到俗语还是不太能理解。

"'懒鬼',"康威解释道,"是一个俚语,意思是指一个懒惰的家伙,一个窝囊废。当然了,我就是开玩笑,随口那么一说。"

张点了点头,表示感谢。他对语言文字充满了强烈的兴趣,一旦遇到生词就喜欢从哲学的层面进行研究。"这个词比较有意思,很值得深思,"他停顿了一下,说道,"英国人认为松弛懈怠是堕落的。而我们却与之相反,我们更喜欢不紧张的状态。现在的世道难道还不够紧张吗?如果世界上多一些这样的'懒鬼'不是更好吗?"

"我也比较赞同你的观点。"康威饶有兴味地郑重回答道。

见过活佛后的一个星期里,康威结识了几位新的同伴。张不疾不徐地一一做了引荐,康威感受到了一种全新的氛围,这样的氛围对他极具吸引力,不因浮躁而喧闹,亦不因拖延而失落。

张解释道:"有些喇嘛可能在相当长的时间里都不会接见你——有可能数年之久——但你不必惊讶。时机到了,他们自然会结识你。他们不急着见你,并不意味着他们不愿意。"

早前康威在外国的领事馆拜访一些新到任的官员时,曾有过类似的感觉,因此他很理解这种做法。

然而他所进行的会面都非常成功,哪怕是与年龄比他大两三倍的人交谈,也丝毫没有在伦敦或德里时产生的不情愿的社交窘迫感。康威最先遇到的是一位名叫迈斯特的和蔼可亲的德国人,他在19世纪80年代来到喇嘛寺,是一支探险队中的幸存者。尽管他的英语带着一点儿口音,但说得还是非常好的。

几天后,张又向康威引荐了阿方斯·布里亚克,正是活佛特别提到过的那位音乐家。他是个清瘦结实、矮个子的法国人,尽管他声称自己是肖邦的学生,但他看起来一点儿都不老。康威和这两位法国人和德国人意气相投，彼此相谈甚欢。康威一直在潜意识里给他俩做着各种分析，通过接下来的几次会面，他做出了两个推论：他觉得尽管他们的相貌各有特色，但都拥有一个共同的特质——冻龄，虽然这不是一个恰如其分的形容词，但已经是他能想到的最恰当的了。此外，他们都有着天生的冷静智慧，表达观点时，表现得面面俱到，恰如其分。在他们的交流中，康威常常能够及时地给出回应，他意识到他们也都感受到了这一点，对此很是满足。他还发现，他们跟自己曾经认识的那些文化的群体一样很好相处，尽管他们在听他追忆往昔时，常常会露出一种古怪而漫不经心的样子。

比方说，有一位头发花白、面相慈善的人与他聊了几句后，便问他是否对勃朗特姐妹感兴趣。康威说他在某种程度上还算有点儿兴趣，对方又说："你不知道，19世纪40年代我在西区做牧师的时候，曾经去过勃朗特姐妹的家乡霍华斯镇，我就住在那里的教区牧师住所。自从来到这里，我就对勃朗特家族做了一番研究——实际上，我正在写这方面的著作。或许你愿意跟我一起把它好好润色一番，如何？"康威恳切真挚地予以回应。

随后，康威和张一同走出房间，说起这些喇嘛们居然可以如此生动地回忆起他们入藏前的往事。张回道，这也是修行的一部分。"你看啊，我亲爱的先生，修行的第一步就是要摒除杂念，纵览自己生平过往的全景画卷，就好像用另外一个视角来审视一样，这样会更加客观准确。若是你加入我们的时间足够长久，你就会发现你过往的人生就好像透过调焦的望远镜一般，逐渐脱离原本的位置聚焦在一处。一桩桩、一件件都清晰地摆在眼前，按照恰当的比例呈现其在人生中所占的不同意义。比如说，你刚认识的那个人，就觉察到了他在俗世的人生中真正具有重大意义的时刻,就是在他还是一个小伙子时曾探访过一位老牧师和他三个女儿的老房子。"

"那么,我在想,我也应该开始着手回忆自己的重要时刻了?"

"不用刻意去做什么,该来的时候它们自会出现。"

"我从来不知道有一天我竟然会热切地期盼它们的到来。"康威悻悻地回答道。

不管过去怎样,康威发现自己目前还是很幸福快乐的。当他坐在藏书阁里阅读,抑或在音乐室里弹奏莫扎特的作品时,他的灵魂深处都会涌入一种精神力,似乎香格里拉的确是一个现世存在的精魄之地,它如魔法般控制了岁月车轮,奇迹般抵抗了时间和死亡的侵袭。他与活佛的谈话反复出现在脑海中,那低语声所散发的冷静睿智将他偏离了的思考都拉回正轨,消除了五感六识的孽障。

当罗岑演奏一些错综复杂的赋格曲韵律时,他会在聆听的同时不断地猜测,她脸上那空灵的微笑背后究竟掩藏着什么,那微笑让她勾起的唇角看起来好似一朵即将绽放的花朵。她极少说话,即便她现在已经知道了康威其实会说她的语言。而对偶尔也喜欢在音乐室逗留的马林森而言,她几乎就是不说话的哑巴,但是康威却察觉到了她在静默中完美展现出来的迷人魅力。

有一次,康威向张询问这位姑娘的来历,张告诉他,罗岑出身满族皇室。"她与土耳其斯坦的一位王子订了婚,当时她的送嫁队伍在通往喀什格尔的途中迷了路。若非遇到了我们例行巡逻的使者,整个队伍的人都将必死无疑。"

"那是什么时候的事了?"

"1884年，她十八岁的时候。"

"那时候她才十八岁？"

张点了点头："是的，我们对她的修行指引非常成功，这一点你可以用来参考。她的修行进度一直很好。"

"她最初来到这里的时候是怎样的状态？"

"她可能比一般的人更不愿意接受这个现实——她虽没有抗议，但我们都意识到她有一段时间焦虑不安。这很正常，这件意外平白阻断了一个年轻姑娘通往婚姻殿堂的道路……我们都特别希望她能够在这里生活得快乐。"张温和地笑道，"我唯恐热烈的爱情不会让她轻易地屈从，所以前五年的时光足以考验他们的意志。"

"我猜她定然深爱着她的未婚夫吧？"

"并没有，我亲爱的先生，因为她从未见过他。你知晓的，这是一个古老的习俗。她那份强烈的感情完全是未经实践的虚妄想象。"

康威点了点头，对罗岑有了一丝怜悯和疼惜。他想象着半个世纪前，她端庄地坐在装饰华丽的轿子中，轿夫们艰难地跋涉于高原地区，见惯了东方的花园和莲花池的她掀开轿帘茫然四顾，苍茫天地间唯有漫天狂风和远方的地平线，那情景定然异常残酷。"可怜的孩子！"他喟叹道，想象着如此优雅的姑娘居然被困了这么多年。对她的过去有所了解后，康威不仅没有降低对她的好感，反而对她的沉静和缄默更为中意。她就像一个泛着寒光的美丽花瓶，无须装饰便内蕴华光。

当展现出非凡才华的布里亚克与他谈论肖邦并演奏熟悉的旋律时，康威尽管没有达到心醉神迷的程度，但内心也得到了极大的满足。似乎这位法国人知道几首肖邦未发表的作品，而且他把它们写了出来，康威沉浸在愉快的时光中将这些曲谱记了下来。他想着，就连法国的钢琴家柯尔托和俄罗斯的钢琴家帕赫曼恐怕都没有这么幸运，便情不自禁地生出一种莫名的兴奋。布里亚克在记忆里搜索着作曲家曾经扔掉的或偶尔即兴演奏的一些短小的旋律，但凡有半句曲调浮现在脑海里，他就立刻把它们都写到纸上，直至回忆殆尽方肯罢休，这其中，有一些片段旋律格外地优美欢快。

"布里亚克，"张解释道，"他皈依的时间尚短，如果他总是没完没了地谈起肖邦，你一定要体谅他。年轻的喇嘛总是不自觉地沉湎于过去的记忆，这亦是展望未来的必经之路。"

"你说的我大概领悟了，那么，年长的喇嘛们修行的课业又是什么呢？"

"比方说，活佛他老人家全部的精力都用在预卜未来的修行上。"

康威沉思了片刻，接着说道："顺便问一下，据你猜测我什么时候才能再次见到他？"

"我亲爱的先生，毫无疑问至少也要等到第一个五年修行完成的时候。"

但这次张言之凿凿的预测却失误了，康威来到香格里拉还不到一个月便受到了活佛的第二次召见，还是去那个楼上灼热的房间。

张告诉他，活佛从来没有离开过他的房间，那里面闷热的空气是他的身体赖以生存的条件。而康威有了心理准备之后，不再像之前那么惴惴不安。实际上，当他向活佛鞠躬致礼，而对方那深邃凹陷的双眸目光炯炯地予以了几不可见的回应时，他的身体蓦地一轻，连同呼吸都顺畅了起来。他感到有一种亲切感拉近了彼此间心的距离，尽管他知晓这么短的时间内连续两次得到了活佛的召见绝对是前所未有的殊荣，但他一点儿都不紧张，也没有被庄重的氛围压得喘不过气来。

对他来说，年龄的鸿沟跟身份等级和种族肤色一样，不会成为困扰，他从不会因为人的年龄太小或者太老而影响自己对他们的欣赏。他由衷地敬仰活佛，但是他不太理解为什么他们的人际关系要弄得如此温文有礼。

他们互相致以礼貌的问候，之后，康威客气地回答了对方提出的问题。他说自己发现这里的生活很棒，而且已经结交了几个朋友。

"你对你的三个同伴保守了我们的秘密吗？"

"是的，到目前为止我一直在保密。不过有时确实比较尴尬，但总比直接告诉他们真相要好一些。"

"正如我推测的那样，你做得足够好。而尴尬的情况毕竟只是暂时的。张跟我说他觉得他们其中的两个人问题不大。"

"我也是这样想的。"

"那么第三个人呢？"

康威回道："马林森是一个性子容易冲动的年轻人——他归心似箭，想要回去。"

"你喜欢他吗？"

"是的，我很喜欢他。"

这时，侍者进来上茶。茶香袅袅，啜饮间，谈话便不那么严肃了。这是一个很不错的习俗，能够营造一种轻松的氛围，让交谈更加轻松顺畅。康威很享受，表现得尤为健谈，当活佛问他香格里拉是否是他人生中独一无二的体验，西方世界能否为他提供这种哪怕与之有一丁点儿相似的地方，他笑着回道："好吧，坦白地说，它让我多少有点儿想起我在牛津大学授课的时光，那里的风景算不上顶好，研究的课题经常是那种虚无缥缈的，而且哪怕是年龄最大的教员也不会显得很老，似乎他们衰老的状态与这里有一些类似。"

"我亲爱的康威，你很幽默，"活佛闻言说道，"鉴于此，我们在未来的日子里应该会相处得非常愉快。"

第十章

"真是太了不起了。"张听到康威再次被活佛召见的时候，忍不住惊呼出声。能让一个喜怒不形于色的人嘴里说出这样的盛赞之词，足以看出这句话的分量。他再三强调，喇嘛寺的例行常规自打建立以来，从未发生过这种事情，除了在五年考察期结束之时摒除俗世牵绊方能见上活佛一面，从来没有人期望能与活佛会有第二次见面的机会。"你也知道，与寻常的外来者进行交谈对活佛来说是一个极大的负担。单单出现强烈的情绪波动这一点就不太合适，他这个年纪几乎承受不住普通人的情感波动。我个人绝对相信他在这个问题上的英明决策。我认为他又给我们上了一课，传递了一种非常有意义的价值观——即便我们群落中固定不变的规则也只是适度的不变。不管怎么说，这件事都是非比寻常的。"

当然，对康威而言，与其他事情相比，这件事并没什么特别的，在接下来的日子里他三番五次地与活佛见面，越发觉得这种事情实在是太过稀松平常。似乎冥冥之中有些事情是命中注定的，他们的心很容易靠近，思想亦是无比契合。似乎在他面前，康威可以彻底放下内里从不为外人所知的戒备，当他离开的时候，居然获得了从未敢奢望过的安宁。有时，他感觉自己完全被活佛对超凡的智慧的驾驭能力所折服。淡蓝色的茶盏精致小巧，茶香袅袅间，康威的思绪仿佛凝缩成一首生动优美的十四行诗。

他们的交谈往往天马行空，涉猎极广，甚至开启了一种人生的哲学体系，整个历史长河都被信手拈来，重新审视一番再赋予其新的哲学内涵。对康威来说，这是一次特别新奇的人生体验，但他始终坚持批判的学术态度。有一次，当他与活佛争论某个哲学观点的时候，对方问道："我的孩子，你年纪虽轻，但我却看得出你拥有超过实际年龄的成熟和智慧。你确定你身上没发生过一些异于常人的事情吗？"

康威笑道："跟我的同龄人相比，我们的经历相差无几，并没有什么特别的。"

"我此前从未见过像你这般的人物。"

康威沉吟半晌，答道："这没有什么可隐瞒的。您看到我比较成熟的一面，只不过是因为我过早地体验了一些紧张刺激的经历。我在十九岁到二十二岁时接受了优质的，同时也是高强度的高等教育。"

"你的战争中的经历，很痛苦吗？"

"也没有特别痛苦。我只是受了刺激，有自杀倾向，时常惶恐不安、鲁莽冲动，有时还会陷入极端的愤怒和撕裂的痛苦中不可自拔——实际上，就像其他数以万计的人那样。我疯狂地酗酒、杀戮，用种种极端的方式去纵欲、发泄。那是一种自暴自弃的自我放逐，可这些一一经历过后，我却只剩下无止境的厌倦和焦躁。这让我之后的那些年过得异常艰辛。不要以为我在顾影自怜——总的来说，我后来过得还是相当不错的。那日子特别像生活在一所有个糟糕的校长的学校里,如果想要找些乐子,还是可以做到的,只不过精神上时不时会受些折磨,而且最终并不会真的满足罢了。我想在这一点上我比大多数人看得更加通透。"

"在这种情况下,你的学业还在继续吗?"

康威耸了耸肩:"可能激情耗尽之日就是智慧诞生之时吧,或许你愿意改造这句格言。"

"我的孩子,那也是香格里拉的信条啊。"

"我知道。这里让我有一种如至宾归的感觉。"

他所言非虚,并没有夸大其词。日子一天一天地过,几个星期一晃就过去了,他的灵魂与肉体不断地淬炼融合,有一种痛并快乐着的满足感,就如佩罗和亨谢尔,还有其他人一样,他被这里的魔力降伏了。蓝月亮攫住了他的心神,让他避无可避。抬首望去,层峦重山笼罩着一层仰之弥高的光芒,格外地光洁明亮,俯首处,山谷幽深翠绿,让人目眩神迷,美得像一幅无与伦比的画卷。此时,羽管键琴银铃般的单调式音线穿透莲花池,与眼前的画面交织成了一场完美的听视觉盛宴。

他知道,他这是悄然爱上了那个娇小玲珑的满族姑娘。他的爱并无所求,甚至无须对方的回应,只是单纯精神上的奉献,给他的感情世界增添了一抹亮色。她就站在那里,成为他整个世界里一切精美的、脆弱的象征。她每一次程序化的礼节,徜徉在琴键上跳动的指尖,流淌着让他感到完全满足的亲切。有时,倘若她有兴致,他会引着她轻松自在地聊上两句,但是她从未越雷池半步,绝不流露半分内心深处的秘密,从某种层面来说,他亦不希望打破这种状态。他蓦然意识到自己好似看到了灼灼璞玉的一个琢面,他有无限的时间,足够他去了解一切他希望发生的事情,在时间的长河里,一切渴望都会在注定要实现的满足中逐渐熄灭。一年,十年之后,时间仍无止境。他越来越喜欢这样的憧憬,而且由衷地感到幸福。

在接下来的日子里,他时不时要与几位同伴的生活轨迹产生各种交集,马林森的急不可耐,巴纳德的热忱风趣,布林克洛小姐的雄心壮志。他想若是他们跟自己知道的一样多那该多好,而且正如张所言,他能猜到那位美国人和那位传教士都不会有什么大问题。有一次他甚至被巴纳德的话逗乐了:"你知道的,康威,我不得不承认这绝对是个定居的好地方。起初我以为我会想念报纸和电影,但是后来我觉得人的潜力真是无穷的,可以适应任何事情。"

"我也这么觉得。"康威赞同道。

后来,康威了解到张应巴纳德的请求,带他去山谷玩儿了一个晚上,将谷内所有的娱乐场所逛了个遍。马林森听说了这件事情,脸色写满了鄙夷。

"我觉得情况不妙啊。"他对康威说,转头又对巴纳德本人说道,"当然了,这本来也不关我的事儿,但是你得明白,若是想要踏上回程的路,就得时刻把身体调整到最佳状态。脚夫们预计还有两个星期就到了,目前从我收集的信息来看,回去的路绝对不会一帆风顺。"

巴纳德平静地点了点头:"我没指望过能一帆风顺,"他说,"至于保持健康的问题嘛,我现在的身体状况比前些年都要好。我每天都会锻炼,不怎么担心这个问题,而且山谷里的酒吧也不会让你做得太过。适度原则,你懂的——这里的箴言。"

"可不,我丝毫不怀疑无论何时何地你都有本事找到对你胃口的乐子。"马林森尖酸地讽刺道。

"那是自然。这个地方能够满足各种人的口味——比如某些人喜欢会弹钢琴的中国姑娘,我说的对吗?你不能因为他们爱慕人家就对其横加指责吧?"

康威一点儿都没生气,可马林森却像个小学生一样涨红了脸:"要是有人贪慕别人的财产,就应该把他送进监狱。"他厉声怒喝,被踩到了痛脚后,他本能地以软刀子直接回击。

"当然没问题,只要你能抓住他们。"这位美国人温和地笑道,"话既然说到这里,我觉得是时候告诉大家了。我已经决定这次不跟那些脚夫走了。这里经常会有人来,我可以等下一次,或者下下次。前提是这里的僧侣们相信我有能力承担住宿的费用。"

"你的意思是不跟我们一起走了?"

"没错。我已经决定了,在这里多住一阵子。回去对你们来说都是好事儿——你们回到家乡时,人们会奏着乐,夹道欢迎你们,但是迎接我的只会是警察。这事儿我越想越不对劲儿。"

"说白了,你就是怕了,不敢承担自己犯下的罪孽。"

"好吧,不管怎么说,我确实不喜欢接受法律的制裁。"

马林森冷冰冰地鄙夷道:"这是你自己的事情。哪怕你一辈子都留在这儿也没人阻止你。"他环顾四周,脸上浮现出一丝恋恋不舍,"人各有志,不是任何人都会做出他这样的选择。康威,你怎么看?"

"我同意你的看法,确实人各有志。"马林森转向布林克洛小姐,只见她突然放下了手中的书,说道:"实际上,我也想留下。"

"什么?"他们异口同声地惊呼道。

她脸上的笑容与其说是发自内心的欢快,不如说是忠于信仰的意味更浓一些,她继续道:"你们听我说,我一直在仔细地思量,究竟是什么把我们带到这里,让事情发展到如今这个地步,最终我只得出一个结论,那就是事情的背后定然有一种神秘的力量在操纵着这一切。难道你不这样认为吗,康威先生?"

康威一时之间不知如何作答,不过布林克洛小姐并未等到他作出回应便急忙继续道:"我怎么能够质疑上帝的旨意呢?我被送到这里来是带着使命的,所以我应该留下来。"

"你的意思是你打算留在这里传教?"马林森不可置信地问道。

"不是想想而已,而是做了周全的计划。我知道应该如何与这些人相处——我自有妙计,你不用担心。他们并非冥顽不化之徒。"

"难不成你打算给他们宣讲你的那些教义?"

"没错,马林森先生,我强烈反对他们的中庸之道。你可以称其为豁达大度,但在我看来它直接导致了糟糕的怠惰。这里的人所有问题的根源就是他们所谓的豁达大度,我要倾尽全力与它们斗争到底。"

"那要是他们豁达大度到根本不与你争辩,你要怎么办?"康威笑着问道。

"或许她的意志强大到所向披靡,势不可当。"巴纳德插嘴道,接着他又轻笑着补充道,"就像我之前说的那样——这个地方可以满足各种需要,总有一款适合你。"

"哼,可能只有你对监狱情有独钟。"马林森怒气依旧不减。

"好吧,实际上你得从两方面来看待这个问题。比起被困在山沟里的人,世上那些倾其全部任人敲诈的人才是真正的泥足深陷,无法自拔,只有他们才摆脱不了困境!我的天啊,身在监狱的究竟是我们还是他们?"

"你这纯粹是掩耳盗铃、自欺欺人。"马林森反驳道,他依旧怒不可遏。

随后他单独跟康威抱怨:"那个男人仍旧搅得我心绪不宁,"他焦躁地在院子里踱来踱去,"他不跟我们一起回去这件事情我一点儿都不遗憾。你可能认为我心胸狭隘,但是他也不能拿那位中国姑娘作伐子来刺激我的幽默细胞。"

康威一把拽住了他的胳膊。涌上心头的感觉越发清晰起来,他真的非常喜欢这位年轻人,他们最近几周的相处更是加深了这份感情,尽管也有不和谐的时候。他安慰道:"我觉得他捉弄的是我对那位姑娘的感情,不是你。"

"不,我觉得他针对的就是我。他知道我对她有意思。我确实喜欢她,康威。我就是搞不清楚她为什么会在这里,她真的喜欢待在这里吗?我的天啊,如果我能像你那样会说她的语言,我很快就能弄清楚关于她的这些事情。"

"我觉得即便你会说她的语言也无济于事。你应该明白,她是不会跟任何人多说话的。"

"这一点让我迷惑不解,为什么你不缠着她将所有的问题弄个水落石出呢?"

"我都不知道我何时有了这种喜欢纠缠人的本领。"

他希望他能再多说些什么,然而周身蓦然涌上了一种淡淡的同情和啼笑皆非的感觉,眼前的这位年轻人,是那么热切和渴望,这让事情变得十分棘手。"如果我是你,我就不会担忧罗岑,"他补充道,"她过得很快乐。"

对康威来说，巴纳德和布林克洛小姐能够决定留下来那是绝对利好的事情，尽管目前的形势暂时让马林森和他处于对立的两个阵营中。局势很微妙，而且他还没有明确的计划来应对此事。

庆幸的是，事情压根儿不需要处理。两个月过去了，并没有生出大的波澜，接下来就是决定性的时刻，康威已经努力做好了应对危机的准备。鉴于这样或那样的原因，事情既然注定避无可避，也没必要过于杞人忧天。尽管心中明白这个道理，有一次还是忍不住说："张，你知道吧，我还是担心年轻气盛的马林森。我怕他知道真相后会忍不住走极端。"

张同情地点了点头："是的，想要说服他相信自己的好运并不容易。但是这种困难毕竟只是暂时的。二十年后，我们的这位朋友总会妥协的。"

康威感觉这样看待问题也太理想化了。"我在想，"他说道，"如何才能找到一个突破口让他能够接受这个真相。他整天数着日子盼着脚夫的到来，若是他们不来的话——"

"他们一定会来的。"

"噢？我一直以为那是你们编出来安慰人的寓言，好让我们不那么绝望。"

"绝对不会。我们不会偏执地对待这个问题，在香格里拉保持适度的真实是我们的原则，我向你保证，脚夫的情况基本上是准确的。不管怎样，这些人会在我说的那个时间前后到来。"

"接下来你就会发现，很难阻止马林森加入他们的队伍离开了。"

"但是我们从未打算阻止那样的行为。根据我以往的经验来看，他届时就会发现那些脚夫根本不愿意带任何人一起走。"

"我明白了,那就是解决问题的办法吗?按照你的预期,接下来会怎么样?"

"接下来嘛,我亲爱的先生,他失望一段时间后,就会——因为他年轻且始终持有乐观的心态——开始期待下一批脚夫的到来,盼着九个或十个月之后到来的那批脚夫能够听从他的建议。但凡我们有点儿头脑,都不会在一开始便横加阻拦,让他的希望破灭。"

康威尖锐地指出:"我不确定他究竟会不会那么做。我觉得他更有可能尝试独自逃离。"

"逃离?一定要用这样的字眼儿吗?毕竟,隘口无时无刻不是敞开的,对任何人都一样。除了自然界本身所设置的屏障,我们并没有任何守卫。"

康威笑道:"好吧,你必须得承认造物主的神奇。即便如此,我猜你们也不会将诸事都只寄托于大自然。另外,那些由各种各样的人组成的探险队伍,他们来到这里后会怎么样呢?如果他们想要离开,隘口也同样对他们不设防吗?"

这次轮到张笑了:"我亲爱的先生,特殊情况是要特殊对待的。"

"棒极了。所以说你们只是在可控的范围内,知道他们做这种事情纯粹是在作死,才给他们逃跑的机会?可即便这样,我猜还是会有人明知山有虎偏向虎山行的。"

"噢,这种情况偶有发生,但通常情况下,那些失约做了逃兵的人在高原上独自待上一晚后,就会自觉地回到这里来。"

"是因为找不到遮风挡雨的庇护所,没有像样的衣服吗?要是这样,那我就明白了,你们这种温和的方法与严苛的方法一样有效果。

可极少数没回来的人怎么办呢？"

"你已经回答了这个问题，"张回道，"他们就是没有回来。"说完，又连忙补充道："不过你放心，我跟你保证，极少发生这种不幸的事情，而且我相信你的朋友也不会鲁莽到非要为其平添一个数字的程度。"

康威听了后，丝毫没有得到安慰，马林森的未来实在令他担忧。他还是希望这位年轻人的回归之路能够被香格里拉的当局所准许，而且这也并非没有先例，最近的例子就是那个叫塔鲁的飞行员。张也承认香格里拉当局若是认为有什么英明睿智的提议，他们也会充分授权准许去实施。"我亲爱的先生，我们若是足够睿智，会把我们的未来全然寄托在你朋友那莫须有的感激之情上吗？"

康威觉得这个问题说得非常中肯，鉴于马林森现如今的态度，几乎不难想象他一旦离开这里抵达印度之后会做出什么不理智的事情。这是他最关注的问题，之前也经常拿出来反复思量。

但香格里拉的一切，为他原本单调平凡的精神世界增添了丰富的色彩，令其日益充实起来。除了担心马林森的问题，他感到心满意足；这个新的环境徐徐展开的社会结构仍旧令他震惊，其错综复杂的程度也十分符合他的胃口。

有一次他对张说："顺便问一下，这里的人如何对待爱情呢？我猜那些外来的人中一定存在心生爱慕的情况。"

"这是常有的事儿，"张笑呵呵地回道，"喇嘛们当然定力非凡，像我们这种人大多数达到一定成熟的年纪也可以做到心如止水，可在那之前我们跟其他凡人一样，只不过我认为我们能够更为理智地克制自己的行为。趁此机会，康威先生，我想向你保证香格里拉的殷勤好客绝对是方方面面无所不包的。你的朋友巴纳德先生已经体验过了。"

康威报以微笑,不动声色地回道:"十分感谢,我丝毫不怀疑他会这么做,但我自己的意愿,此时此刻还不是很明确。相对肉体的欲望,我更看重精神方面的感受。"

"你认为轻易就能将二者分开吗?你大概是爱上罗岑了吧?"

康威大吃一惊,他以为自己隐藏得很好:"你怎么会这么问?"

"那是因为,我亲爱的先生,倘若你已经爱上了她,那是很正常的,不过当然了,还是要坚持适度原则。你可能想象不到,罗岑从来不会对任何人的情感做出回应。但我向你保证,这种体验也是相当愉快的。我是以一个过来人的身份跟你说这些的,我年轻的时候也爱上过她。"

"真的吗?那她有所回应吗?"

"她只是对我的赞美表达了感激,并表示历久弥新的友情更加珍贵。"

"也就是说,她并没有回应?"

"你要这么说也可以。"张又言简意赅地补充道,"她总是以她的方式让那些仰慕者在心灵满足和达成目的两者之间徘徊。"

康威忍不住哈哈大笑:"这完全适合你,或许也适合我。倘若对上像马林森这种热血冲动的年轻人,她会怎么办呢?"

"我亲爱的先生,那是极有可能发生的事情!这并非第一次,而且我向你保证,这个可怜的小伙子得知自己再也回不去时,罗岑定会抚慰他的心伤。"

"抚慰?"

"没错,请不要误解我的措辞。罗岑一向拒人千里,除非那些事可以触动她的悲伤绝望。你们的莎士比亚是如何形容埃及艳后克利奥帕特拉的？'她越给人满足，越是制造饥渴。'这在激情爆发的角逐中是极受欢迎的类型，但是像这样一个女人，我确定她与香格里拉的世界是格格不入的。而罗岑，如果套用那句格言，那就是'她越给人满足，越是消除饥渴'。那是一种更为高深微妙、经久不衰的技能。"

"而且，我猜，她很擅长做这方面的事情喽？"

"噢，那是肯定的，我们之前有过不少这样的例子。都是用她的技能平复了那些饥渴的灵魂，直至其完全平复下来。而且当他们被拒绝后也不会滋生半分不悦。"

"这么说，你们把她当成了整个组织机构历练考验的一环了？"

"如果你愿意，也可以这么想。"张不以为然地回道，"但若是你把她比作水晶球上折射的彩虹，抑或枝头花朵上的露珠更加优雅迷人呢。"

"我完全认同，张，那的确更加优雅。"康威非常喜欢对方幽默、机敏而有分寸的巧辩。

当康威再次与满族小姑娘单独相处时，他觉得张果然一语中的。她周身散发的芳香自发地拨动着他的情绪，那微微跳动的小火苗让人感到异常温暖。就在那一刻，他突然意识到香格里拉和罗岑都是那么完美无缺，他不希望有任何波澜或者因为最终的回应打碎原本的宁静。这么多年来，他的精神已经被这个世界摧残得焦躁不堪，而如今他的疼痛得到了抚慰，逐渐被爱情填满，那感觉既不痛苦也不烦忧。夜里，当他从荷花池边走过，也曾幻想着她就依偎在自己的臂弯中，但是时间终会冲淡他的幻想，留下无尽的温柔抚平心中的不甘。

他从未如此幸福快乐过，即便在战争之前的岁月里也不曾有过。

他非常喜欢香格里拉营造的这个宁静祥和的世界，它独一无二的理念给予他的是抚慰，而非支配和占有。他喜欢这里的人们含蓄的情感和委婉有礼的表达方式。以往的经历告诉康威，粗鲁失礼绝对换不来真诚，委婉的表达不该被视作虚伪的表现。他喜欢在彬彬有礼、悠然从容的氛围中与人进行交流，这不仅是出于习惯，更是一种成就。他惊喜地发现，在这里悠闲散漫的作风不会被指责是虚度光阴，不切实际的梦想在这里也被人们诚心接受。香格里拉总是静谧安详的，却也有着做不完的事。那些喇嘛们似乎手中握有无尽的时间，时间对他们而言轻若鸿毛。

康威见过的喇嘛虽然不多，但是他逐渐意识到了他们所研究的领域广泛、种类繁多，除了他们的语言知识外，其中一些人似乎在做大量的研究，其展现出的成果会让整个西方世界都叹为观止。许多人都在撰写各种门类的手稿。张曾经提及过的一个人在纯数学领域做出了非常有价值的研究；还有一个人根据吉本和斯彭格勒的著作编写了一部巨制欧洲文明史书。但是这种事情并非每一位喇嘛都做得来，也并非所有的喇嘛始终都在研究同一个项目。知识的海洋中有许多条无名的航道，他们恣意地徜徉其中上下求索。比如布里亚克喜欢收集一些古老音乐的片段，还有那位曾经做过牧师的英国人，正在以一种崭新的理论视角研究《呼啸山庄》。甚至还有比这些更不切实际的研究。

有一次，当康威谈起这些事情时，活佛给他讲述了公元前3世纪一位中国艺术家的事迹，那个人花费了数年的心血在一个樱桃石上雕刻了龙、鸟和马，并将他完成的作品呈现给了当朝的一位皇子。这位皇子起初除了一块石头什么都看不到，但是这位艺术家告诉他"建一堵墙，墙上开一扇窗，在黎明的曙光升起的时候透过窗子再来观察那块石头"。皇子照做了，随后便发现了这块石头的精美之处。"难道这不是一个充满魅力的故事吗？我亲爱的康威，你不觉得它给我们上了宝贵的一课吗？"

康威深表赞同。他发现宁静致远的香格里拉真是包罗万象，将无数奇特、平凡的行业都囊括其中，他感到十分欣喜，而他本身就对这方面的事情比较感兴趣。实际上，当他回首过往，发现那些散落着的影像不是奔波在路上就是费神伤脑地尚未完成，可现今这些事情都可以做得到，甚至能在悠然自得的状态下完成。沉思冥想是一件令人愉悦的事情，所以当巴纳德跟他倾吐自己设想的在香格里拉的美好未来时，他并没有嘲笑对方。

巴纳德最近出入山谷的次数越来越频繁，看来他不完全是为了美酒和女人。

"你看啊，康威，我跟你说这些事是因为你跟马林森不一样，他总是跟我刀剑相向，可能这一点你也清楚。但我觉得对当前的处境，你更善于审时度势。说起来也真是有意思，我起初对你们英国官员的印象非常不好，觉得你们既生硬又古板，但是相处之后，你的所作所为无端地就会让人信服。"

"我自己都没什么把握的，"康威笑着回应道，"况且马林森跟我一样也是英国官员啊。"

"没错，但他只是个熊孩子，根本无法理性地看待事情。你和我都是历经世事的人，我们能够坦然地接受事实。比方说我们所在的这个地方，我们至今都无法弄清楚整件事情的来龙去脉，我们为什么偏偏踏上了这片土地。不过话又说回来，事情不都是这样吗？难道我们知道自己为什么要来这世上走一遭吗？"

"我们当中的确有人不知道,不过,你究竟想说什么呢?"

巴纳德压低了声调,深沉沙哑地附耳道:"黄金!哥们儿!"他的声音里满是狂喜,"成吨的金子,真的,一点儿都不夸张,就在这个山谷里。我年轻的时候是一名采矿工程师,我绝对忘不了矿脉是什么样子。相信我,完全不亚于南非的兰德金矿区,而且远比那要容易开采。我猜你可能以为我坐着简易的轿子下山去是为了寻欢作乐。根本不是那么回事儿。我非常清楚自己在做什么。你知道,我一直都想弄明白一件事,这里的人若是没有支付高额的酬劳,怎么可能想要什么东西就能从外面的世界运进来呢?除了黄金、白银、钻石,还有什么能用来做交易?可毕竟这只是我的推测。我开始四处侦察,没费多少工夫就破解了这个谜团。"

"你是自己发现的?"康威询问道。

"哦,我没这么说,但我确实猜到了,接着我就把这个事情跟张说了。请注意,我是直截了当、男人对男人那样说的。而且康威你要相信我,那个中国老头儿根本没有我们之前想的那么坏。"

"我从来不觉得他是个坏人。"

"那是当然,我知道你一直都跟他走得近,对他印象很不错,所以你对我们相处的方式一点儿都不吃惊。我们确实猜中了真相。他带我参观了各个矿区,也许你会对我下面说的事儿非常感兴趣,我已经取得了他们的允许,可以在谷中随意地进行勘探,然后给他们做一份详尽的综合性报告。你觉得怎么样,伙计?能够有一位专家愿意为他们效劳,他们似乎特别高兴,尤其是当我说我可以给他们提一些建议好提高产量的时候。"

"看来你打算在这里安家落户了。"

"没错,我必须得说我找到了一份工作,这事儿想来还是很重要的。而且不到最后你永远不知道事情会发展到什么地步。也许当家乡的人们知道我能带领他们找到一座崭新的金矿,他们就不会再想着把我弄进监狱了。唯一的困难反而是他们会不会相信我?"

"他们会相信你的。金矿可是人们都愿意相信的宝藏。"

巴纳德闻言点了点头,又有了干劲儿:"很高兴你抓住了重点,康威。这样我们就能做个交易了。所有的收益咱俩五五分。而你所需要做的仅是在我的报告里署上你的名字——英国领事,你懂得这里的门道儿吧。这能让这份报告更有分量。"

康威哈哈笑道:"我还得再考虑考虑。先把你的报告做出来吧。"

考虑一件不大可能发生的事情让康威颇觉好笑,但与此同时他也为巴纳德感到高兴,毕竟他找到了聊以慰藉的事情。

活佛也非常高兴,他与康威的见面越来越频繁。他经常在夜深人静的时候邀康威前去叙话,往往在侍者撤走茶具被打发去休息后,二人还能聊上好几个小时。活佛从不忘询问他那三个同伴思想的转变进程和生活幸福与否,有一次他还特别提到了他们的事业问题,询问他们来到香格里拉是不是不可避免地也阻了自己的前程。

康威思忖了一番,答道:"马林森按照原本的人生轨迹应该会有一个不错的前程,他精力充沛而且很有抱负。至于另外两个人嘛,"他耸了耸肩,"实际上,他们俩碰巧都特别适合待在这里,哪怕只是暂时的。"

他注意到挂着帘幕的窗外划过一道闪电,他在来到这间分外熟悉的房间之前,穿过庭院走在路上时,便已经听到了隆隆的雷声。可坐在这间屋子里却听不到半点声响,厚重的壁毯弱化了闪电的威力,只留下一抹苍白的微光。

"说的没错,"活佛说道,"为了让他们俩感到宾至如归,我们已经竭尽全力了。布林克洛小姐希望改变我们的宗教信仰,而巴纳德先生也想说服我们,成立一家有限责任公司。这些项目倒也无伤大雅,他们还能借此消磨快乐的时光。但是你那位年轻的朋友,黄金和信仰都不是他的寄托,这可如何是好?"

"是啊,这的确是个问题。"

"我怕他最终会成为你的麻烦。"

"为什么说是我的?"

活佛并没有立即回答,此时侍者端来了茶具,他们的出现让活佛枯竭的元气稍稍恢复了些许。"卡拉卡尔山每年的这个时候都会给我们送来暴风雨,"出于习惯性的礼节,他挑了一个较为轻松的话题,"蓝月亮山谷的人坚信这些都是山口外面那遥远而广袤的天地中的恶魔造成的。他们称之为'外界',也许你已经注意到了,在他们的方言中这个词用来指代谷外的整个世界。当然他们也从不知晓世界上会有诸如法国、英国甚至印度这样的国家存在,在他们的想象中那只是一片令人望而生畏的高原的无限延伸。在他们的眼里,谷内的生活是如此的安乐祥和、舒适宜人。如果有人生出想要离开的念头,实在是太不可思议了。实际上,他们认为所有不幸的外来人都拼命地想要进到这里来。这只不过是看待事物的角度问题,对吗?"

康威忆起了巴纳德也曾说过类似的话,遂将其转述给活佛。"这话多么睿智通透啊!"活佛忍不住赞叹道,"而且他是第一个来这里的美国人,我们何其幸运。"

康威觉得这两种截然不同的态度很有意思，外面十几个国家警方联名通缉的A级逃犯，在喇嘛寺这里却如获至宝。他本想与活佛分享这件趣事，但又觉得最好还是把机会留给巴纳德自己，让他在合适的时机里讲出来。他应和道："不可否认，他说的太有道理了，世界上不知有多少人愿意来这里呢。"

"那样的人实在太多了，我亲爱的康威。我们就是一艘在风雨飘摇的大海上独自航行的救生船。可惜我们只能搭救很少的海难幸存者，若是所有遭遇海难的人都爬上这条船，那连同我们自己都将沉没。眼下我们无须考虑这件事。我听说你跟我们优秀的布里亚克已经打成一片了。他是我的同乡，非常招人喜欢，尽管我并不认同他的观点，他说肖邦是最伟大的作曲家，但你知道，我更喜欢莫扎特。"

直至茶具撤下，侍者退出了房间，康威才鼓足勇气拾起了刚刚未完的话题。

"刚才我们一直在谈马林森的事，您说他将会是我的麻烦。为什么是我的呢？"

没想到活佛的回答十分简洁："我的孩子，因为我就要死了。"

这个回答完全出乎意料，有那么一刻康威震惊得说不出话来。最终还是活佛继续道："是不是很惊讶？但那是必然的，我的朋友，人终有一死，哪怕在香格里拉也逃不过生死轮回。说不定我还能坚持一会儿，也可能坚持几年。我所陈述的是再简单不过的事实，是我早就预见的结局。看到你如此担心我，我很欣慰，即便到了我这把年纪，想到死亡，也无法佯装半丝留恋都没有。幸运的是我没有什么好牵挂的，至于其他方面，我们所有的信仰都秉承着乐观向上的态度。我已经心满意足了，必须让自己在所剩无几的生命中适应一种玄妙的感觉，我清醒地意识到，我只有做最后一件事的时间了。你能猜到是什么事吗？"

康威沉默了。

"跟你有关，我的孩子。"

"您真的令我无比的荣幸。"

"我想做的事远不止这些。"

康威微微躬身，没有多言，活佛等了片刻，继续道："你大概察觉到了，如此频繁的谈话在香格里拉是极其罕见的。但我们的传统就是我们从不拘泥于传统，这听起来似乎是个悖论。我们既不僵化刻板，也不墨守成规。我们做自己认为适宜的事情，多少会借鉴一些过往的先例，更多的则是利用我们现有的智慧，并着眼于我们对未来的预见力。以上诸多因素，都敦促着我去做好这最后一件事情。"

康威依旧保持沉默。

"我的孩子，我要把香格里拉的财富交到你的手上，连同它的命运一起。"

凝滞的气氛终于被打破，康威感觉到了一种慈悲的念力，让人无法抗拒。那回声弥漫在一片静寂中，最终只剩下他剧烈的心跳声，清脆如鼓。接着，对方的讲述止息了这份律动："这么久以来，我的孩子，我一直在等你。我坐在这间屋子里，见过无数张外来者的面孔，我望着他们心灵的窗口，聆听着他们的声音，我希望终有一日我能遇见你。我的同事们都是在年岁较高之时方才悟道，而你还这么年轻便已如此的通透睿智。我的朋友，我将香格里拉托付于你并非一件难事，众所周知，我们这里的秩序没有桎梏，非常宽松平和。在暴风雨还未肆虐蔓延之际，你要温和、隐忍，注重心灵的充盈，运用智慧守护这片神秘的乐土。这一切对你来说一点儿都不难,而在这个过程中你一定会感到无比的快乐。"

康威试图说些什么却不知道该说些什么,突然,一道耀眼的闪电划破黑暗,瞬间刺激了他的某根神经,他大声喊道:"风暴……您刚才说到了风暴……"

"这将是一场可怕的、前所未有的风暴,我的孩子。届时不会有任何安全的港湾,权威也无济于事,科学亦给不了答案。直至每一朵文明之花都被摧毁,人类所有的事物都将在巨大的混乱中被铲平。我预见这一切的时候,拿破仑的名字还未被世人熟知,随着时间一分一秒地流逝,我预见得越发清晰。你能说这是我的错觉吗?"

康威回道:"不,我认为也许您是对的。之前也曾暴发过一次类似的灾难,之后便陷入了一段长达五百年的'黑暗时代'。"

"说二者相似并不十分准确。那些黑暗时代根本算不上真正的黑暗,因为世间还闪烁着星光,即便欧洲的文明之火全部熄灭,还有其他地方依旧存在光明,毫不夸张地说,从中国到秘鲁,哪一处都能让星星之火再次燎原。但是这次即将到来的黑暗时代却会以摧枯拉朽之势笼罩整个世界将其一同埋葬。它会让人无处可避,无处可逃,拯救它只能是因为太过隐秘未被发现,或是因太过微小而被忽略的存在。而这两点,香格里拉恰恰都占有先机。那些运载着死亡物资的飞行员会直接飞往繁华的城市,就算恰巧路过我们的上空,也不会觉得我们值得他浪费一颗炸弹。"

"您推测这一切会在我的时代里降临,对吗?"

"我坚信历经这场风暴的洗礼,你还活着。在那之后,还要再历经一个漫长的满目疮痍的废墟时代,而你仍旧活着,随着年龄不断的增长，越发具有智慧，也更加富有耐心。你贮存着我们宝贵的传统，并将你自己的思想加入其中。你也会欢迎远道的陌生来客，教他修习长生和智慧的要诀，而且当你预见自己的命数即将终结，也许其中的一位来客会继承你的衣钵。再多的，我就看不太清了，但是在更遥远的未来，一个新的世界在废墟中被催生，尽管滋生得十分艰难，却仍旧让人充满了希望去寻找失落的文明和传说中的宝藏。终有一日，他们会找到这里，我的孩子，隐藏在重峦叠嶂间的蓝月亮山谷有如神迹般被保存下来，将带领世界走出一条崭新的文艺复兴之路……"

　　活佛的演说画上了圆满的句号，康威看着眼前这张脸，充满了古老质朴的圣洁之光，顷刻间那光逐渐消散，只剩下一张木然的面具，像枯竭的老树皮一样黯淡无光、崩塌破碎。活佛的双眼已然合上，整个人一动不动。他凝视了片刻，须臾间，仿佛从一段梦境中幡然醒悟，活佛圆寂了。

　　眼前发生的一切太离奇了，令人难以置信，他必须冷静下来回归到现实中来。康威下意识地看了一眼手表，现在是零点一刻。他穿过房间来到门口，才猛然意识到自己根本不知道去哪里寻求帮助。那些藏人侍者已经全被打发回去睡觉了，而且他也不知道去哪里找到张或者其他人。他茫然地站在黑漆漆的走廊入口，透过一扇窗，只见天空清澈如洗，群山在电闪雷鸣中散发着耀眼的光，像一幅银色的壁画。他感觉自己好像处于一种玄妙的幻境中心，俨然已掌控了整个香格里拉。周围的一切都是他所钟爱的，他的神魂都在飞升，远离了俗世的烦恼。他的眼睛在暗影中逡巡，被华丽、昂贵、闪烁着金光的波状漆器所吸引；晚香玉若有似无的香味一路指引着他穿过一间又一间屋子。

最终，他踉跄着走进了庭院，站在池塘边。一轮圆月在卡拉卡尔山后冉冉升起。还差二十分钟就两点了。

再后来，他意识到马林森靠近了他，拉着他的胳膊急匆匆地向前走去。他弄不清楚究竟发生了什么，只听到那个小伙子一直在激动地喋喋不休。

第十一章

马林森牢牢地抓着康威的胳膊,一路半拖半拽地来到了他们之前用餐的那间带有阳台的屋子。

"快点儿,康威,我们要赶在黎明前抓紧时间收拾好行李然后离开这里。兄弟,好消息,我在想老巴纳德和布林克洛小姐早上醒来发现我们不见了会怎样……不过,留在这里是他们自己的选择,话说回来没有他们做累赘也许更好……脚夫们就驻扎在距离隘口五英里远的地方,他们昨天就到了,运来了一批书籍和其他东西……明天他们就启程返回了……这说明这里的人就是想让我们绝望,他们根本就不打算告诉我们。天知道我们还要在这里滞留多久……喂,你怎么了?生病了吗?"

康威瘫坐在一把椅子上,身体前倾,双肘挂在桌子上,用手揉了揉眼睛:"生病?不,我没生病。只是……有点儿……疲惫。"

"可能是因为这场暴风雨。那段时间你去哪了?我等了你好几个小时。"

"我……我一直在活佛那里。"

"噢，又去他那里了！好吧，不管怎样，谢天谢地，反正也是最后一次了。"

"没错，马林森，的确是最后一次了。"

康威的声音里流露出的异样情绪和他越发沉默的状态，激起了年轻人的怒火。"我希望你不要摆出一副慢条斯理的态度，你要搞清楚，我们必须马上动身。"

康威绷紧了身子，努力让自己的意识集中起来。"我很抱歉，"他说道。为了保持头脑清醒地审视自己的现状，他点燃了一支烟，却发现手和嘴唇都抖得不成样子，"我没跟上你的思路……你说那些脚夫……"

"没错，就是那些脚夫，兄弟，振作起来！"

"你正考虑去投奔他们？"

"考虑？该死的，我是完全确定以及肯定……他们刚好就在山脊的那边。我们必须立刻动身。"

"立刻动身？"

"对啊，对啊！有什么理由说不呢？"

康威再次试图让自己的思维从幻觉中回归到现实。他定了定神，最终说道："我想你应该好好想一想，事情不会像你说的那么简单。"

马林森正在给一双齐膝高的藏族登山靴系带子，他急匆匆地回道："我什么都想到了，有些事情我们必须去做，只要我们不再耽搁，一切都会非常顺利。"

"我不太明白要怎么……"

"噢，我的天呐，康威，你非要这样瞻前顾后吗？你的勇气和胆量都荡然无存了吗？"

马林森的冷嘲热讽刺激了康威，他找回了自己的思路："我有没有勇气不是重点，倘若你想跟我要个解释，完全没有问题。但有几个关键性的环节需要从长计议。你试想一下，就算你穿过隘口找到了那些脚夫，你怎么知道他们会带着你一起离开？你能拿出什么样的筹码让他们心动？如果他们不肯如你所愿带你走，你总不能一意孤行，单方面要求他们护送你。这一切都需要提前商量好，妥善地安排……"

"哪来那么多拖延的借口，"马林森愤怒地叫嚷道，"天呐，原来你是这样的一个人！幸亏我没指望你去安排这些事情。这一切都已经安排妥当了——脚夫们事先就收了好处，同意带我们一起走。这些衣服和装备都是为路上准备的，万事俱备只差你！这回你没有任何借口了，快点儿，赶紧行动起来！"

"可是……我还是不明白……"

"我就猜到你不会明白，不过无所谓了。"

"究竟是谁做了这些计划？"

马林森语气生硬地回道："罗岑！如果你非要知道，我就告诉你，是罗岑。她现在就跟那些脚夫在一起。她就等在那里。"

"等在那里？"

"没错，她准备跟我们一起走。你还有意见吗？"

当听到"罗岑"的名字，康威在两个世界之间不断切换的思绪刹那间接上了轨，融合在了一起。他觉得这简直就是一种亵渎，厉声道："胡说！绝不可能！"

马林森不甘示弱，愤怒地回道："为什么不可能？"

"因为……本来就不可能。理由太多了。相信我，绝对不会发生这种事情。这太匪夷所思了，她此时此刻居然会出现在那里——这太令我震惊了——你说她想去更远的地方，这种想法就更荒谬了。"

"我一点儿都不觉得荒谬。她想离开这里是很正常的，就像我一样。"

"但是她不想离开的。这就是你产生误解的地方。"

马林森不自然地笑了笑："你觉得你比我更了解她，我猜得没错吧？"他继续道，"其实不了解她的人是你。"

"你这话什么意思？"

"即便没学过那么多种语言，也能通过其他方法去了解一个人。"

"看在老天爷的分上，就别再绕弯子了，你到底想说什么？"康威逐渐平静下来，又补充道，"这太荒唐了。我们不要再做无谓的争吵。告诉我，马林森，这一切究竟是怎么回事？你把我弄蒙了。"

"你为什么会这么大惊小怪的？"

"告诉我真相，拜托告诉我这件事的来龙去脉。"

"好吧，其实很简单啊。她年纪轻轻的就被圈在这里与一帮奇怪的老男人在一起——自然是一有机会就要逃跑啊。只不过到目前为止一直没有机会而已。"

"难道你不觉得这是站在你自己的角度假想出来的她的处境吗？我一直告诉你，她过得非常幸福。"

"若真是如此，她为什么愿意跟我一起走？"

"她亲口说的吗？她怎么说的？她又不会说英语。"

"我问她的，用藏语。布林克洛小姐查的单词。那次对话并不怎么顺利，但是足以弄明白对方的心思了。"马林森脸红了，面子有些挂不住。"见鬼了，康威，不要那么盯着我看——别人会认为是我横刀夺爱，抢走了你的心上人。"

康威回道:"没人那么想,不过,这话却不小心透露了你原本不想让我知道的心思。我只能说我真的很抱歉。"

"你这家伙怎么这么可恶?"

康威任凭指间的香烟滑落。他感到疲惫、厌倦,在矛盾重重的内心深处还充满了细腻的柔情,他宁愿这种情感从未被唤醒,这让他进退维谷。他轻声道:"我希望我们不要总是互相误解。罗岑确实非常迷人,这点我承认,但我们为什么要因为她而争执呢?"

"迷人?"马林森不屑地重复了这个形容词,"她可比这鲜活得多。你别以为每个人都像你那么自以为是,对这些事情冷血得很。在你的意识里,似乎她就应该是博物馆里一件供人欣赏、赞美的展览品,我就比较实际了,当我见到我喜欢的人被迫陷入糟糕的境地,我就要尽我所能为她做一些事情。"

"可是,你做这样的事,是不是过于冲动了?你有没有考虑过一旦她离开这里,她能去哪儿呢?"

"我想她在中国或者别的地方一定会有朋友的。不管怎么样,都比在这里强得多。"

"你怎么就如此肯定呢?"

"哼,我到时候会看着办,要是她实在找不到人,我可以照顾她。毕竟当你从地狱中救人的时候,是顾不上询问她是否还有更好的去处的。"

"你认为香格里拉是地狱?"

"绝对是!那还用说吗?这里就是黑暗邪恶的地方。整件事都是这样,从一开始,没有任何理由,我们就被那个疯子掳到了这里,接着他们找了一个又一个借口,把我们扣押在这里。但是最可怕的——对我来说——是这里对你潜移默化的影响。"

"对我的影响?"

"没错,就是对你的影响。你整日无精打采地用闲逛来打发时光,觉得什么事情都无所谓,你愿意永远待在这里。哎哟,你甚至承认你喜欢这个地方……康威,你到底怎么了?难道你再也无法找回真实的自我了吗?我们在巴斯库尔的时候相处得多好啊——你这些日子变得完全不一样了。"

"我亲爱的兄弟!"

康威朝着马林森伸出了手,对方也紧紧地回握着,抑制不住地流露出热切和渴盼的情绪来。马林森继续道:"我猜你没有意识到这一点,过去这几周我实在是太无助了。似乎没有一个人真正关心这个最现实的问题——巴纳德和布林克洛小姐各有各的理由,但是最可怕的是,我发现连你都反对我。"

"我真的很抱歉。"

"你总是说抱歉,可是那有什么用呢?"

康威的心头突然涌上一股没来由的冲动:"那就让我做些什么吧,只要我能帮助你,哪怕告诉你一些秘密也在所不惜。当你听完之后,我希望你能明白,现在看来似乎非常诡异和难以理解的事情都会迎刃而解。至少你会明白罗岑为什么不能跟你走。"

"就算你说破天也不会改变我的看法。你尽量长话短说,我们真的没有时间可以浪费了。"

接下来,康威尽可能简明扼要地讲述了香格里拉的整个历史,就像活佛跟他讲述的那样,为了增加可信度,他又将自己与活佛和张的对话作为补充印证。这是他一直以来最不愿意做的一件事情,但是在这种情况下，讲清楚来龙去脉是无可厚非的，甚至是非常必要的，这足以证明马林森确实是他的麻烦，他要用自己认为最合适的方式来解决这个问题。他快速地讲着，每个段落都信手拈来，在讲述的过程中，他再次被其魅力所征服，思绪又一次沉浸到了那个神奇、永恒的世界中不可自拔。他不止一次地感觉到自己好似打开了一段记忆的闸门，那些思想和话语都清晰如昨，在脑海里打下了深深的烙印。只有一件事他始终有所保留没有说出口——为了避免让自己进退维谷——活佛已然圆寂，而他即将继任的事实。

越是接近尾声他越感觉到轻松，他很高兴能够解决这个问题，毕竟这也是唯一的办法。讲述完毕，他平静地抬起头，坚信他做的这一切没有错。

但是马林森只是用手指轻轻敲击着桌面，良久之后方才说道："我真的不知道说什么才好了，康威，只能说你真的彻底疯魔了……"

接下来又是长久的沉默，两个男人彼此盯着对方看，心境却大相径庭——康威像霜打了的茄子无比沮丧，马林森像热锅上的蚂蚁焦躁不安。最终还是康威率先开口道："你认为我疯了？"

马林森突然神经质地大笑起来："嗯，怎么说呢，听完你这个玄幻故事之后，我应该这么说，我的意思是……嗯，真的是……简直就是一派胡言……在我看来这还有争论的必要吗？"

康威被这话震惊到了极点："你认为我在胡说？"

"嗯……不然我还能怎么想？对不起，康威——这个说法过于直白——但我不明白的是，但凡神志清醒的人都会对此产生怀疑的。"

"所以你依然坚持认为我们被带到这里只是一次偶然的意外？某个精神错乱的疯子进行了周密的策划，劫持了一架飞机，并且飞到了千里之外，只是为了找个乐子？"

康威递给他一支烟，马林森接了。两个人似乎都特别希望有这样一个喘息的空当。马林森最终答道："听我说，这么一条一条地再争论下去没有任何意义。事实上，你的逻辑推论是，这里随意地派出了某个人去外面的世界诱骗陌生人，然后这个人专门去学习了开飞机，他伺机而动，直到恰巧碰到这么一架载着四个乘客能够离开巴斯库尔的飞机……嗯，尽管在我看来这些恶作剧实在可笑至极，但我不说那是根本不可能的。如果这套说辞真的站得住脚，那么它或许还值得考虑一番，但你非要把其他乱七八糟的事情跟这些扯到一块那绝对是胡说八道了——比如那些喇嘛已经活了好几百岁了，还发现了一种永葆青春的灵丹妙药之类的……嗯，这让我觉得某种微生物侵蚀了你的大脑，就是这样。"

康威闻言笑了："没错，我就知道你会觉得这一切很难让人相信。起初我自己也这样觉得——我几乎都记不起来了。不可否认这确实是一个极不寻常的故事，但我想你耳闻目睹的一切应该足以证明这里的的确确是一个神奇的地方。想想我们切切实实见到的东西，我们两个都亲眼所见的——这片从未被探索过的山峦之中坐落着这样一个迷失的山谷，一座寺院里却隐藏着一个收藏了欧洲所有典籍的藏书阁……"

"噢，没错，还有中央调控的供热设施，现代化的水暖设备，别具一格的下午茶，还有其他很多东西——都很了不起，我知道。"

"既然如此，你对这些物事有什么看法？"

"该死的！我承认。这完全就是个谜。但是这个不能作为接受你那个超越人类生理极限的传说的理由。因为洗了热水浴就相信它的存在，这完全不同于仅是因为听他们说自己几百岁了你就相信他们确实如此，这是两码事儿。"他再次不安地笑了起来,"听我说,康威,不是我怀疑,这个地方真的会让你心烦意乱,你整个人都不好了。赶紧收拾收拾东西,咱们快点儿离开吧。一两个月后,我们可以在少女俱乐部愉快地享用完晚餐,再来结束这个没完没了的话题。"

康威平静地回道:"我根本就不想回到那样的生活中去。"

"哪种生活?"

"你想过的那种生活……晚宴……舞会……马球……所有的一切……"

"但是我根本就没有提到舞会和马球好不好!再说了,它们招谁惹谁了?你的意思是你不打算跟我一起走了,是吗?你准备跟那两个人一样留在这里是吗?那好,至少你不能阻止我离开这里吧!"马林森将手里的香烟掷到了地上,他两眼冒火,猛地向门口蹿去。"你的头真是让飞机翅膀给刮了!"他失控地喊道,"你疯了,康威,这就是你的问题所在!我知道你总是很冷静,而我总是很容易焦躁冲动,但起码我精神健全,神志正常,而你不是!在我去巴斯库尔跟你一道工作之前,他们都提醒过我,当时我觉得他们肯定搞错了,现在看来他们说得未必不对……"

"他们提醒你注意什么?"

"他们说你这个人已经在战争中毁掉了,打那之后,你就变得古里古怪的。我不是故意戳你的痛处——我知道你也很无助——老天才晓得我真是恨透了这样彼此伤害……噢,我得走了。这里的一切都糟糕透了,让人厌恶。不过我必须走了,我跟人保证过的。"

"是罗岑吗?"

"如果你非要知道答案的话,没错,是她!"

康威站起身,朝着马林森伸出了手:"再见,马林森。"
"最后再问你一次,真的不跟我一起走吗?"
"我不能走。"
"那就再见吧。"
他们握了握手,然后马林森转身离开了。

康威落寞地坐在灯笼昏暗的光晕里。他似乎想到了一些铭刻于心的格言,所有美好的东西都是转瞬即逝、极易消亡的,两个世界终是渐行渐远、无法共存,而其中一个却总是悬而未决、岌岌可危。他沉思良久后,看了一眼手表,现在是凌晨两点五十分。

康威坐在桌旁,点燃了身上最后一支烟。不料,马林森去而复返。他惶惑不安地走了进来,看到康威还待在原处,就又退回到阴影中,似乎在极力压抑着自己的不安,试图恢复理智。见他一言不发,康威等了片刻,率先开口道:"嘿,碰到什么事了?你怎么回来了?"

康威自然亲切的询问引来了马林森的倾诉欲,他脱下身上笨重的羊皮袄,一屁股坐了下来。他面色苍白,整个身体都在打着哆嗦。

"我没有勇气,"他带着哭腔大声喊道,"还记得我们用绳子串在一起才能走过来的那个地方吗?我都已经走到那里了……可是我真的做不到。我一登高就头晕,月光下,那个地方看起来可怕极了。我很愚蠢,是不是?"他整个人都崩溃了,歇斯底里地哭喊着。康威连忙安抚他。接着,马林森继续道:"根本就无须担心这里的人,没有人会在陆地上对他们构成威胁。可是,我的天啊,我真想用飞机装满炸弹来把这里炸平。"

"你为什么会有这样的想法,马林森?"

"因为这个地方就该被捣毁,无论它是什么,结果都应该如此。它是畸形扭曲的,浑浊不堪的——说到这一点,如果你讲的那个匪夷所思的玄幻故事是真的,这里就更可恨了!一群干瘪的老头儿像蜘蛛一样盘踞蜷缩在这里捕捉每一个从附近经过的人……多么肮脏污秽……无论如何,谁愿意活到那种老妖怪一般的年岁?至于你那个尊贵的活佛,如果他有你说得一半年纪那么老,就应该让人把他了结了,省得他痛苦……噢,你为什么就不能跟我一起走呢,康威?我不愿意因为我自己的缘故求你,但是该死的,我还这么年轻,而且我们一直都是关系那么好的朋友——我的整个人生对你来说都比不上那些可怕的家伙说的那些谎言吗?还有罗岑——她还是花一般的年纪——难道她的前途也不重要吗?"

"罗岑已经不年轻了。"康威说道。

马林森抬头看了看他,开始歇斯底里地傻笑:"呵,对,不年轻了……当然,一点儿都不年轻。她看起来也就十七岁,但我猜你肯定会告诉我说她只是保养得当,实际上已经九十岁了。"

"马林森,她是1884年来到这里的。"

"你又开始胡说八道了,伙计!"

"马林森,她的美丽就跟世界上所有美好的东西一样,只能任凭那些不懂得珍视的人肆意磋磨、拿捏。她的美是脆弱的,只能生活在被珍视的地方。若是将她从山谷中带离,她就会像回音一样消散。"

马林森发出刺耳的笑声,好似对自己的想法突然有了信心。"恐怕不是你想的那样。如果你说她在任何地方都是一个回音的话,那么在这里她也只能是个回音。"停顿了一下他继续道,"我们再这样争论下去,也是无济于事的。我们最好抛去诗情画意,回到现实中来。康威,我特别想帮助你——因为我知道，那纯粹都是胡说八道，只要是对你有益的，我一定要跟你辩论个所以然出来。退一万步来讲，即便你跟我讲的这些都是有可能发生的，但也确实有待证实。现在你跟我说实话，在你的这个故事里你能拿出什么样切实的证据来？"

康威沉默了。

"只不过是某人以煽动性的口吻跟你讲了一个荒诞不经、冗长曲折的故事。哪怕是你生命中极其信赖的人，你也不会轻易接受那种无稽之谈吧。这件事你能拿出什么证据呢？至少目前在我看来，什么证据都没有。罗岑跟你讲过她的来历吗？"

"没有，不过……"

"既然如此，你为什么要相信从别人嘴里说出来的话？还有关于长寿这件事情，你能拿出一个具体的实例来支持这种说法吗？"

康威思忖片刻，提到了布里亚克弹奏的几首不为世人所知的肖邦作品。

"嗯，那个对我来说毫无意义，我不是音乐家。但即便这是真的，难道就没有可能是他通过某种途径获得了这些作品，而他的故事却是假的吗？"

"的确有这种可能。"

"至于你说的存在那种诸如永葆青春之类的方法，究竟是什么呢？你说那是一种药物，那好吧，我就想知道是什么药呢？你见过吗？尝试过吗？有人给过你任何确凿的证据证明那玩意儿确实有效吗？"

"我承认，确实没有翔实的证据。"

"难道你从来都没有仔细问一问？就没有那么一个瞬间产生过这样的念头？这么离奇的故事都不需要加以证实吗？你就这么全盘相信

了?"马林森占据了优势,再接再厉道,"事实上,除了他们告诉你的东西,你对这个地方了解多少?你顶多就是见过几个老头儿。除此之外,我们只能说这个地方民风不错,设施配备得很好。这里的过去怎么样,现在又为何得以存在,这些我们都一无所知,至于他们为什么想要把我们扣留在这里,那依然是一个谜,但这些都不足以成为让我们相信那个离奇故事的借口!毕竟,伙计,你是那种凡事都比较审慎的人——你在英国的修道院会怀疑你被告知的一切——我真的搞不懂,为什么你现在就能欣然接受这里所有的一切,就因为你人在西藏的缘故吗?"

康威点点头,即便拥有足够敏锐的远见卓识,他也不得不承认这个观点说服力很强。"马林森,你这番话说得真是一针见血。我想真相就是不需要证明就让人相信的事情,主要是因为我们本能地倾向于我们愿意相信的事情。"

"好吧,该死的,我就是不懂活到那把半死不活的岁数有什么好的。如果能够选择,我宁愿生命短暂也要活得鲜活快乐。至于未来的战争什么的,听起来太过虚无缥缈,实在无法说服我自己。谁知道下一次战争究竟什么时候来,世界又会变成什么样子?预言上次战争的那些先知们还不是全都说错了吗?"看康威并没有接话的意思,他又补充道,"不管怎么说,我都不相信所谓的宿命论。即便事情不可避免地终会发生,也没必要杞人忧天。天知道我若是被迫去了战场,极有可能怕得要死,但我宁愿迎难而上,也不要把自己埋葬在这里。"

康威笑道:"马林森,你对我的误解也太离谱了吧。我们在巴斯库尔的时候,你认为我是一个英雄,现在你又觉得我是个懦夫。实际上,我两者都不是。当然了,即便你这么认为也没有关系。若有一天你回到印度，随你高兴，你可以跟大家说，我决定留在西藏喇嘛寺是因为我害怕会有另外一场世界大战。虽然那并不是我的本意，但我毫不怀疑那些觉得我疯了的人一定会对此深信不疑。"

马林森的脸色相当难看，他伤感地说："你明知道那样的说法都是扯淡。无论发生什么事情，我都绝对不会说你的不是的。你放心好了。我是搞不懂你，这一点我承认。但是……但是我希望我是懂你的。真的，我真心地希望。康威，难道我就不能帮帮你吗？就没有什么事情是我能为你做的吗？"

两个人陷入了良久的静默，最终康威打破了沉寂："如果你不介意的话，我想问你一个比较私人的问题。"

"什么问题？"

"你爱上罗岑了，是吗？"

年轻人苍白的脸迅速染上了红色："我承认我爱上了她。我知道你一定会说这很荒唐，简直就是痴心妄想，但事实就是如此，我情难自已呀。"

"我一点儿都不觉得这很荒唐。"

双方的激辩似乎在经历了狂风暴雨的肆虐后驶入了平静的港湾，康威继续道："我也同样情不自禁。你和那个姑娘碰巧是我在这个世界上最在意的两个人了……哪怕你可能觉得我是个异类。"他突然起身，在屋子里踱来踱去，"我们该说的全部都说完了，对吧？"

"没错，我想是的。"但马林森的心头突然涌上来一种发自内心的渴望，他继续道，"呵，居然说她不是年轻的姑娘，这些蠢话他们也说得出口！也是够阴损、缺德的了。康威，你千万不能相信这个邪！这实在是太过鬼扯了。他们编这种瞎话到底有什么意义呢？"

"你怎么就能知道她确实是个年轻的姑娘呢？"

马林森扭过头来，他脸上的表情极为羞愤："我就是知道……也许你觉得我对这事儿不怎么了解……但我就是知道。康威，恐怕你从来都没有真正地了解过她的内心。她只不过是表面看起来冷若冰霜，那是她住的这个鬼地方造成的——这里冰封了她所有的热情。但那热情的火种自始至终都是存在的。"

"这么说是要解冻了？"

"没错……你这么说也没错。"

"而且她还年轻，马林森，这一点你确定吗？"

马林森柔声道："天呐，我无比确定——她就是一个小姑娘。我觉得她实在是太可怜了，若我没猜错，咱俩不是都被她的这种调调吸引了嘛。我不觉得这有什么可羞愧的。实际上在这种鬼地方，发生这样的事情再正常不过了……"

康威走到阳台边上，凝视着眼前星光熠熠的卡拉卡尔山，明月高悬，月华如水。一个梦在悄然瓦解，就如同所有过于美好的憧憬首次跌落凡尘的遭遇，整个世界不甚明朗的未来与眼前的青春和爱情相比，都轻如鸿毛。况且他也清楚，他的灵魂沉浸在自己的精神世界里，而香格里拉只是一片缩影，这个世界也岌岌可危。即便他努力让自己振作起来也无济于事，他感觉意识的回廊已不堪承受生命之重，逐渐扭曲变形；亭台楼阁都在倾颓，所有的一切都将摧毁殆尽。他只是冥冥之中觉得有哪里不对，却又茫茫然找不到头绪。他不知道自己究竟是之前疯了，现在神识归位了；抑或本来清醒过，而今又疯了。

他转过身，整个人好像有哪里不一样了，他的声音骤然变得锐利，有些咄咄逼人，他的脸微微抽动着，此时的他看起来更像是在巴斯库尔时的那个英雄式的康威。他攥紧拳头,仿佛下定了某个决心,突然披上了一层戒备的外衣对着马林森问道:"如果我跟你一道走,你觉得你能做到用一根绳子对付眼前的困境吗?"

马林森一跃而起:"康威!"哽咽地嚷道,"你的意思是你会跟我一起走吗?你终于下定决心了?"

康威一收拾妥当,他们便踏上了离去的征途。整个过程出乎意料地顺利,他们一路走得从容不迫,绝非落荒而逃,他们穿过月影婆娑的庭院,没有横生出任何枝节。康威觉得根本不会有人想到这里还会有人来,顷刻间,这种空荡的氛围让他整个心房都空落落的,以至于马林森一路上喋喋不休讲的关于旅途的事情,他一句也没听进去。他们经历了那么长时间的争执,最终却诡异地以如此一致的行动而收场,这个秘密的世外桃源竟然会被一个在此感到幸福快乐的人抛弃!实际上,不到一个小时,他们就气喘吁吁地走到了崎岖山路的弯道处。他们回首,最后望向香格里拉。脚下是深邃的仿佛是一朵浮云般的蓝月亮山谷,康威的目光透过薄雾看到,那些星罗棋布的蓝瓦屋顶都被他留在了身后。此时此刻,竟是诀别。马林森攀爬在陡峭的山路上一直无暇说话,现在终于逮着机会喘着粗气说:"好伙计,我们干得真不赖——继续前进吧!"

康威笑了笑,没有接话,他正在为通过一段刀锋般狭窄的崖壁路段准备绳索。这个年轻人说得没错,他确实已经下定了决心,只不过觉得心里少了点儿什么。那些细碎、鲜活的碎片此时此刻占据着心神,让他有了刹那的恍惚,剩下的失落、遗憾几乎令他难以承受。他是一个飘浮于两个世界之间的游子,也必将永久地徘徊下去,但此刻,在他空虚深邃的内心深处,他全然感知到的是他喜欢马林森,他必须帮助他,同千千万万人一样,注定要失去理智,成为一名英雄。

马林森走在悬崖绝壁上紧张得不知所措,康威以专业的登山方式带领他跨越了一道道难关。九死一生的磨难过后,他们斜靠在一起抽着马林森的香烟。"康威,我不得不说你实在是太好了……也许你能猜到我的感受……我真的无法形容我有多开心……"

"如果我是你,遇到这种情况连试都不会试。"

停歇了良久,就在他们继续启程前,马林森又补充道:"不过,我不只为我自己高兴,同时也为你,你现在能够幡然醒悟,明白这里的一切纯粹胡说八道,真是太好了!看到你重新找回了真实的自我,这种感觉真棒!"

"根本不是你想的那样。"康威的回答里充满了自嘲的无奈。

天将破晓,他们畅通无阻地走出了香格里拉的地界,即便有哨兵也不会多加阻拦,何况康威知晓这里的精神内核,这条路线即便有哨兵也不过是摆设。眼下,他们已经进入了荒原地带,仿佛一阵风似的轻快地前进着,又走过一段缓坡,脚夫们的营地便出现在两人的视野中。所有的一切都如马林森先前交代的那样,这行人个顶个的身强力壮,他们围着毛皮围脖,身穿羊皮大袄,蹲伏在瑟瑟寒风中渴盼着快点儿启程,只等他们俩一到,就前往稻城府——位于东方大约一千一百英里隶属于中国的边界处。

"他跟我们一起走!"一见到罗岑,马林森就激动地喊道,他甚至都忘了她听不懂英语,还是康威把他的意思翻译给她听。

康威看到这个娇小的满族姑娘从未有过的光芒四射,满面春风。她给了康威一个迷人的微笑,可她的眼睛里满满的都是那个小伙子。

尾　声

再次见到卢瑟福是在德里。我们都应邀参加总督的晚宴。但是由于座位的安排以及礼仪的缘故，我们隔得比较远，直到宴会结束包着头巾的男仆递还我们礼帽时，才碰巧遇到对方。

"去我住的酒店喝一杯啊。"他邀请道。

我们共乘一辆计程车，沿途经历了数英里的荒芜地带，一路从英国建筑师勒琴斯①设计的静物画般的新德里来到了热烈躁动的宛如电影般鲜活的旧德里。我从新闻报道中知晓卢瑟福刚从喀什格尔回来。他是那种无所不用其极去塑造外在虚名的人，任何一个非同寻常的假期都需要加点儿冒险的元素，而实际上，这位探险家并没有度假，公众并不清楚他在其中玩的花样，而他便趁机连忙将虚名假象所带来的价值全部资本化，公众当然不了解这其中的内情。可在我眼里却完全不是那么回事儿。举个例子，卢瑟福的这次旅行，在新闻界报道的

---

① 埃德温·勒琴斯（1869—1944），英国建筑师。以1921年的印度新德里规划与总督府设计而闻名。

好似具有划时代意义的样子,如果你想起世界著名探险家斯坦因和斯文·赫定,就会觉得他这次前往被埋葬的地下之城于阗的经历根本就不足为奇。

我对卢瑟福了解颇深,就拿这点打趣他,他听后哈哈大笑道:"可不是,真相往往要精彩得多。"他意有所指地说。

我们去了他的房间,倒了杯威士忌。"这么说你确实在搜寻康威?"我见时机成熟便提起了这个话题。

"搜寻这个词有点儿夸张了,"他回道,"你不可能在半个欧洲那么大的范围去搜寻一个人。我只能说是在有可能遇到他或者得到他踪迹、消息的地方碰碰运气。他最后留下的消息,你还记得吧,就是他离开曼谷往西北方向去了。有一点迹象说明,他已经去了内地。依我看,他很有可能去了中国边境的少数民族地区。我觉得他应该不太想进入缅甸,因为在那里很有可能会撞上英国的官员。不管怎样,你可以说他是在泰国的北部消失的,当然了,我也从没想过会追着他走了那么远。"

"你认为寻找蓝月亮山谷可能更容易一些?"

"呃,这似乎是个更加永恒的命题。我想你应该浏览过我的手稿吧?"

"岂止是浏览过。顺便解释一句,我本应该把手稿归还给你的,但你没有给我留地址。"

卢瑟福点点头:"我想知道你看了以后有什么想法?"

"我认为它绝对非同凡响。假如它这些事情完全是忠实于康威的讲述而撰写的。"

"我郑重地向你保证。我没有半分虚构的成分在里面——实际上,我在手稿中所使用的属于自己的词汇甚至少得超过你的想象。我记忆力不错，康威也有他自己的一套讲述方式。而且别忘了一点，我们差不多连续进行了二十四小时的谈话。"

"好吧，正如我之前所说的，这所有的一切的确非同凡响。"

卢瑟福身体向后靠在椅背上，笑着说道："如果这就是你的全部感想，我觉得我不得不为自己多说两句。我猜你可能会认为我是一个相当轻信的人。实际上我真的不是。人的一生中可能会因为轻信而犯错，但也会因为什么都不信而了无生趣。我确实被康威的故事深深地吸引了，还远不止一个方面，这也是我之所以会产生足够的兴趣极尽所能地去一一证实的原因。"

卢瑟福点燃了一根雪茄，继续道："它意味着需要进行大量奇妙而艰辛的旅行，但是我喜欢做这类事情，而且我的出版商不反对偶尔出一本游记类的书籍。为此我已经走了数千英里，巴斯库尔、曼谷、重庆、喀什格尔，我全都走了个遍，而那个神奇的地方就藏在这其中的某个区域内。但你知道吧，这个区域实在是太大了，我一路调查过的地方，连个大致的地点都没查到，更遑论那个神秘的世外桃源了。实际上，你若想彻头彻尾地了解康威的奇遇，到目前为止，我能够告诉你我证实过的全部事实是，他是于5月20日离开的巴斯库尔，10月5日抵达重庆。最后一次我得到他的消息是2月3日他再次启程离开了曼谷。其余的都是大概、可能、神话、传说……你喜欢怎么说都行。"

"这么说你在西藏也一无所获？"

"我亲爱的朋友，我压根儿就没有进入西藏。那儿的总督府高层根本就没听说过这事儿。他们不遗余力地阻挠前往珠穆朗玛峰探险的队伍，当我说我想独自一人去往昆仑山脉游历的时候，他们看我的眼神就好像我在说要给甘地写生平传一样。实际上，他们了解的内情远比我多得多。在西藏地区行走根本就不是一个人能干的事，这需要一整支装备良好、配备齐全的探险队，还得有一个至少懂得当地一两种语言的人做向导。我记得当初康威给我讲他的故事的时候，我还纳闷呢，为什么他们会有那么无奈的烦恼，非要等什么脚夫，为什么不简单粗暴地直接离开呢？没过多久我就弄明白了。政府官员们说得对极了，世界上所有的护照都无法让我翻越昆仑山脉。实际上我也只是在远处能看到它们的地方望了一眼而已，那是一个晴朗的日子——大概就站在距离那里五十英里远的地方。即便如此也极少有欧洲人敢宣称自己做得到。"

"那些山峰真的那么令人生畏吗？"

"它们看着就像地平线上的一条白色饰带，除此之外别无他感。关于这个问题，我问过我在莎车和喀什格尔见过的每一个人，但奇怪的是我还是一无所获。我猜测它们应该是世界上最人迹罕至的山峰。我十分幸运地遇到了一位曾经试图穿越昆仑山脉的美国旅行家，但是他并没有找到能够穿越山脉的路径。据他说，路径确实看着有很多条，但实在都高得离谱，地图上也没有标记。我问他有没有可能这里面存在康威描述的那种山谷，他回答说不是完全没有可能，但是从地质学的层面来看，似乎又不太可能。接着我又问他是否听说过一座锥形的山峰，堪比喜马拉雅山的高度，他的回答相当有意思。他说确实有这么一个传说是关于这样一座山峰的，但是他认为这种说法毫无根据。他又补充道，甚至还有谣言说存在很多比珠穆朗玛峰还要高的山峰，他个人对此并不认可。'照这种说法，我很怀疑昆仑山脉是否还存在超过海拔两万五千英尺的山峰。'他原话是这么说的。但是他又承认他们从没有真正地测量过。

"接着我又问他是否了解西藏喇嘛寺的相关情况,他曾数次游历这个地区,他给我描述的样子跟各种书里写的大同小异。它们称不上是多么美丽的地方,他确定地跟我说,那里的僧侣普遍都比较堕落。'那他们长寿吗?'我问道。他回答是的,若非死于恶性疾病,他们通常活得都比较久。接着我冒昧地问了一个关键性的问题,我问他是否听说过有关喇嘛们有着超长寿命的传说。'太多了,'他答道:'你随时随地都能听到这类故事,但是你无从考证。你会被告知某个长相诡异的人已经在修道的小屋里闭关上百年了,而且他看起来还真像那么回事儿。当然了,你也不能要求看他的出生证明。'我问他是否存在某种玄妙的秘法或者药物能够延年益寿、永葆青春,他说他们应该存有许多关于这方面的稀奇古怪的知识,但是你如果深入地去了解,又特别像印度的魔术技能通天绳,都是一些只有另类的人才能搞明白的东西。然而,他确实说了,喇嘛似乎有一种神奇的力量能够控制身体。'我曾经观察研究过,'他说道,'温度在零摄氏度以下,他们就赤条条地在冰封的湖边打坐,任凭周身肆虐的狂风呼啸而过,他们的仆人砸破冰面,将床单在冰冷的湖水中浸透,然后裹在他们身上,喇嘛再用身体将床单烘干,如此反复十几次。因此有人猜测,他们可能是用意念来保持体温,尽管这种解释十分牵强。'"

卢瑟福给自己续了一杯酒:"当然了,我的那位美国朋友也承认,这一切跟长寿没多大关系。这只能表明喇嘛在修行的时候对自己的要求极为严苛……讲到这里,你可能跟我的想法是一致的,截至目前,所有的证据都远远不足以说明问题。"

我说这的确不能妄下定论,然后问他那个美国人听到"卡拉卡尔山"和"香格里拉"这两个名字时有没有什么反应。

"完全没有,我试过的。在我连续问了一些问题之后,他说:'老实说,我对喇嘛寺不感兴趣。实际上,我有一次还告诉我在西藏见到的一个哥们儿,若是真的遇到特意前来邀请你去参观喇嘛寺的,一定要避开,千万不要去。'意外听到他的这种言论让我特别好奇,我问他之前在西藏遇到这种事是什么时候。'噢,那可过去好久了,'他回道,'在战争爆发之前——我想应该是1911年。'我缠着他,让他再说得详细一些,他也非常配合地将能想到的都跟我说了。那次似乎是为了某个美国的地理学会进行的考察之旅,随行的有几个同事,还有脚夫等,实际上,这已经堪比一流的探险队了。在昆仑山附近的某个地方他遇到了另外一个人,那个中国人就坐在当地的轿夫抬的轿辇上。事实证明,那个家伙的英语说得相当地道,极力地推荐他们去参观附近的某个喇嘛寺——他甚至自愿给他们当向导。这位美国人说他们没有时间,也不感兴趣,仅此而已。"

卢瑟福稍作停顿,又继续道:"我觉得这件事说明不了什么问题。当一个人试着回忆二十年前偶然间的一个插曲,你不能将此作为证据的基石来看待。但它的确耐人寻味。"

"没错,如果一个配备齐全的探险队接受了邀请,我想不出他们如何能够违背人家的意愿将这些人阻留在喇嘛寺。"

"噢,可不是嘛。也有可能那里根本就不是香格里拉。"

我们思考再三,也想不出个所以然来,我继续问道,在巴斯库尔有没有发现什么线索。

"巴斯库尔那里没什么发现,白沙瓦就更不用提了。除了能够确认那次飞机的绑架事件确有发生,没有人能说出什么有用的信息来。他们甚至都不想承认那桩事——毕竟那不是什么光彩的事情。"

"后来,就再也没有听说过有关那架飞机的事情吗?"

"只言片语的谣言都没有,连同那四个乘客也杳无音信。而且我查证过,那架飞机确实具备飞越山脉的能力。我也试着追溯那个叫巴纳德的家伙,但是我发现他的过往实在太过神秘,以至于即便他真的是查尔莫斯·布赖恩特,我都不会感到惊讶。毕竟,布赖恩特在公众的声讨以及警察的追捕中消失得无影无踪,也是个奇迹。"

"你试着去找过那个真正的绑匪吗?"

"当然找过。但同样令人大失所望。那个被劫匪打昏并乔装冒充的空军飞行员后来牺牲了,所以一个非常有价值的线索就这样断了。我甚至给我在美国开航空学校的朋友写信,询问他最近是否招收过来自西藏的学员,他倒是很快就回了信,内容却让我大失所望。他说他根本分不清汉族人和藏族人,他招收过大约五十位中国学员,他们都是为了抵抗日本人而入学学习的。你看吧,也没什么线索。但是我发现一个相当有意思的事情,我在离开英国之前本应该很容易发现的。有一位来自德国耶拿的教授大约在20世纪中叶开启了一次环球旅行,在1887年的时候到过西藏。此后再也没能回来,有传闻说他在涉水渡河的时候淹死了。他的名字叫弗里德里希·迈斯特。"

"天呐!这正是康威曾经提及过的一个名字!"

"没错,尽管也有可能是巧合。这个问题并不能证明整个故事的真实性,不管怎么说,那个德国教授出生于1845年。这就给人泼了一盆冷水。"

"但是这也够神奇的了。"我说道。

"噢,那倒是,的确称得上神奇。"

"你还成功地追溯到其他人了吗?"

"没有。很遗憾并没有更多的人选让我继续查证下去。我也没有找到有关肖邦的学生中有一个叫布里亚克的任何记载,当然这也不能证明这个人的确不存在。康威很少提及那些人的名字,你仔细回味一下就会发现,假定有五十位喇嘛,他只给了我们一两个名字。顺便说一句,佩罗和亨谢尔,事实证明这两个人根本就无从查起。"

"马林森呢?"我问道,"你去打探他最后怎么样了吗?还有那个姑娘——那位中国姑娘呢?"

"我亲爱的朋友,我当然去了。麻烦的是,你应该从手稿中也看到了,康威的故事在跟脚夫们离开山谷的时候就戛然而止了。至于之后发生的事情也许他既不能讲,也不愿意讲了——你听我说,如果有更多的时间,说不定他也能讲给我听呢。我们大概能猜到应该是某种不幸的结局。旅途的艰险应该是难以想象的,且不说时刻面临土匪的威胁,甚至他们队伍内部也随时可能发生叛乱。我们永远都无法准确地知晓究竟发生了什么,但有一点可以确定,马林森没有前往中国内陆。

"我做了各种调查,你知道的。首先,我试图追溯那些跨越西藏边境运载进来的书籍等大量货物的源头是哪里,但最有可能的地方,像上海和北京,我都扑了个空。当然了,探查这种事情意义也不大,因为喇嘛无疑也会想到这一点,关于他们运送货物的方法一定是极为保密的。接着我试着去稻城府找线索。那是一个神奇的集镇,中国的苦力从云南将大批的茶叶运往西藏,那里极难到达,有一种好似处于世界尽头的感觉。你可以在我即将出版的新书中了解这方面的情况。欧洲人一般不会去那么远的地方。我发现那里的人十分谦恭有礼,但是绝对没有康威的队伍到达过的记载。"

"所以康威是如何抵达重庆的,仍是个未解之谜?"

"唯一的结论就是他可能是四处漂泊,无意中流落到那里的。无论如何,我们到了重庆,而且是从重庆返回的,这一段是铁一般的事实,这没什么可质疑的。教会医院的修女也可以证明其真实性。至于轮船上西夫金听到康威弹奏的那段'伪'肖邦的乐曲产生的激动之情也不似作假。"卢瑟福停顿了一下,然后若有所思地补充道,"整件事算得上是一个考验,充满了各种未知的可能性,而且我不得不说天平并没有明显地向任何一方倾斜。当然了,如果你不接受康威的故事,那就意味着你质疑他的诚实,或者怀疑他神志不清——你也可以直言不讳地说。"

他再次顿了顿,似乎在等着听我的看法。我说:"正如你所知道的,战争以后我就再也没有看到过他,但是人们都说他经历过那场战争之后变化特别大。"

卢瑟福回答道:"没错,确实如此,这是不争的事实。你不能指望一个大男孩经受了三年战争的洗礼,身体和精神遭受了双重折磨后还能毫发无损。我猜人们会说他的外表虽然没有留下什么伤痕,但是内心却早已千疮百孔。"

我们又谈论了一会儿战争以及战争给不同的人带来的影响,最终他说道:"有一个问题我必须提一下——在某些方面上来说,这是整件事最离奇的地方。我是在调查修道院的时候发现,正如你所料,她们都极力配合我,但也想不起太多的细节,尤其是她们当时正忙着处置一位患了传染病的高烧病人。我提出的一个问题是关于康威最初来到医院时的情形——他是自己单独来的,还是别人发现他病了给送来的。她们已经记不清了——毕竟,那已经过去很久了。可突然间,就在我快要放弃继续询问的当口,一位修女无意间说了一句:'我想起来了,那位医生提过一句,说他是被一个女人送来的。'她只能想起这么多,由于那位医生已经离开了修道院,这个说辞无法当场得到证实。

"事情进行到这一步,我也没有理由放弃。听说那位医生去了上海一家更大的医院,我费尽周折得到了他的地址,亲自上门去拜访他。彼时的上海刚刚遭受日军的一轮空袭,满目疮痍。由于之前我第一次游历重庆的时候见过那位医生,他对我还比较客气,尽管他已经累得去了半条命——真的,这个词一点儿都不夸张,德国对伦敦的空袭与日本对上海的轰炸相比根本就不值一提。噢,没错,他立即回答道,对那个失去记忆的英国人他印象颇深。'他当时真的是被一个女人送到修道院的医院来的吗?'我问道。'噢,没错,我当然确定,他是被一个女人送来的,一个中国女人。''还记得有关那个女人的情形吗?'他回答说其他的一无所知,只知道她自己当时也得了热病,很快就去世了……就在这时,一批伤员被抬了进来,打断了他的话,走廊里塞满了担架——病房全都满了——我也不想再继续占用这位医生的时间,尤其是吴淞口传来的枪炮声,还在时刻提醒他有大量的伤员需要救治。当他转回到我身边的时候,我看他即便身处人间炼狱也相当乐观,就问了他最后一个问题,我敢说你定能猜得到。'关于那个中国女人,'我说,'她是个年轻女人吗?'"

卢瑟福轻轻地弹了弹雪茄,当初他听到对方的回答后兴奋不已,似乎希望我听到这段叙述能够跟他感同身受。他继续说道:"那位年轻的医生严肃地看了我片刻,接着以一种有趣且简洁的中式英语回答我:'噢,不是的,她十分苍老,堪称我平生见过的最老的女人。'"

我们默默地坐了很久,接着又聊起了我记忆中那个孩子气的、颇有才华、极具魅力的康威,我们分析是战争改变了他,又谈到了玄妙的时间流、意识流和延迟的衰老,谈到了那个已经苍老得不成样子的满族小姑娘,谈到了蓝月亮的终极梦想。

"你觉得他会找到香格里拉吗?"我忍不住问道。

—— 伍德福德·格林

1933年4月